Dos

MÓNICA FLORES CORREA

DOS

NUEVA YORK, 2013

Title: : Dos
ISBN: 13:978-1-940075-99-0
1940075998
Design: © Ana Paola González
Cover: © Jhon Aguasaco
Editor: Carlos Aguasaco
E-mail: carlos@artepoetica.com
Mail: 38-38 215 Place, Bayside, NY 11361, USA.

Special thanks to Carolina Chaves O´Flynn

Gracias invariablemente a Cristóbal Williams, lector amante.

Gracias a Mercedes Larraín Correa y a Silvia Malagrino.
Mi reconocimiento también a María Laura Bastos Nathan y a Alicia
Brodsky por sus lecturas de especialista.

Special thanks to my friend Lois Fiore whose endearing story about her
mother inspired me to write "Dos" and to my friend and researcher
Hélène Missale ("Mrs.Peel") who, among other useful contributions,
made me navigate easily the streets of Boston's suburbs.

Índice

Nieve

avec, dans vos cheveux, tous les étés du Monde.
Alain-Fournier

El fallo de los tres mosqueteros tronó inapelable. Maui, sentenciaron, era la más deseable de las *juniors*. Vanessa Cooke en cambio, mencionó uno, era "peligrosa". Pero se refería a su intelecto, cuestión de poco monta en el debate absorbente sobre curvas, carnes apetecibles.

Volviendo a Maui, estaba "para el crimen, ¡no me digan!", se exaltó Fito, el capitán del grupo cuando de sexo se trataba. Chasqueó los labios, su chupeteo habitual al evaluar chicas lindas, ruido que su amigo Russ aborrecía. Requete, requetecogible –y otras palabras que murmuró bajo.

Robin y Lazarus cabecearon dócilmente; Robin, un poco más que Lazarus.

"Claro está que lo que más me gusta de ella son los ojos", finalizaba Fito cuando Maui deslizaba sus piernas largas en la conversación, cosa que ocurría a menudo. Robin –Lazarus pronto se hartaba y Russ no intervenía- retorcía la cara en muecas cómplices festejando incansable la incansable idiotez.

Era el comienzo de las clases y Maui y otras estudiantes y los varones mismos andaban en shorts, en sandalias por el campus, sin importarles que el viento de la tarde adjudicase lluvia y desbandase el calor de la mañana. Los mosqueteros debatían pechos, culos y otros etcéteras en los bancos cerca de la biblioteca y de Cornelia Hall, bajo el gingko que agitaba sus primeras hojas amarillas, las primeras canas. Sentado, las piernas cortas abiertas, la gorra puesta al revés, visera hacia atrás, y las gafas negras que le permitían relojear a gusto todos los etcéteras, Fito pontificaba inapelable, la ronquera despectiva de un *capo della mafia*. Alrededor, fumando de pie, los compañeros asentían.

En realidad, no del todo. Aunque no entraba en discusión, Russ no coincidía. Reconocía que Maui estaba buena. A los encantos obvios, la ninfeta añadía su maestría para avivar la imaginación con historias. Decía que el nombre se lo habían puesto en honor a la isla donde sus padres la concibieron ocho meses antes de la boda. Maui, ula ula, caderas ondulantes, vientres desnudos, sudor, placeres en tropel. Un paraíso de fornicación perenne.

Dinah, compañera de la sirena desde la escuela primaria y ahora en el college, desmitificaba: "Mavi. Con 'uve', le querían poner Mavi. Quien escribió el certificado de nacimiento cometió un error que su viejo no cambió". Envidiosa, Dinah no contaba con ningún rasgo físico sobresaliente salvo su sobrepeso.

Maui estaba buena, pensaba Russ. Pero no era Vanessa Cooke. Nessa, Nessie, como le decían, la estudiante que desde la distancia le causaba un enredo de sensaciones. Curiosidad, timidez, aturullamiento, admiración tensa (no jadeante, no perruna como el cuerpo de Maui le inspiraba a los otros y un poco a él, por qué negarlo), coronado el desvarío por un silencio tenaz. Hasta el momento, no se había animado a hablarle.

Ni había querido hablar de ella con nadie. Tan importante era.

Al monstruillo del Long Ness, según la apodara Lazarus, los mosqueteros no la incluían en la lista de apetecibles.

Longilínea, manejaba las extremidades demasiado largas, sobre todo los brazos delgados, con gracia desatenta. Usaba anteojos y lo único deslumbrante, esto sólo para Russ, era aquella marejada bronce, el pelo que llevaba muchas veces atado como si no le importase - y de verdad, no le importaba.

Lazarus, quien no en vano tenía inteligencia de músico, dijo lo del monstruo. "Bajo el agua calma, chapotea un dragón. Lidiar con ella debe ser interesante", aventuró.

—Es miope, no me gustan las miopes y usa anteojos

horribles -la defenestró Fito.

—Aura de peligrosidad -insistió Lazarus que en ocasiones se oponía a la tiranía del capitán- Dice cosas terribles.
En biología, para consternación del hermano O'Barry
defendió la pena de muerte. Con argumentos buenos, hay
que reconocer. En parte es la manera como la pollita lanza
opiniones. Si diese la receta del arroz con leche, en su boca
las cucharadas de azúcar provocarían alarma.

—Quizás viene del lado de los parientes, la peligrosidad,
y quizás haya que tener cuidado – receló Robin, el más
joven y una pizca timorato. Había oído de un caso policial
en la familia Cooke. Alguien preso. Padre o hermano. Un
robo.

—¿Qué pasó? -intervino Russ por vez primera apagando
el cigarillo y perdiendo la vista, perfecta indiferencia, en el
cielo mercurial y en los charcos de agua, blanca porcelana
rota que estallaba y volvía a estallar bajo las ruedas de
coches y camionetas de estudiantes y profesores.

Robin desconocía los detalles.

(...)

"Materia, Energía y Vida, Modelos y Transformaciones".
Curso obligatorio, pomposo el título. Russ hubiese querido
asistir a una clase de astrofísica en el MIT. En verdad,
hubiese querido ser alumno del MIT y no de esa facultad
regularona pero –se enfureció, se conmiseró- se hallaba en el
lugar apropiado para sus medios y su medianía. No era muy
bueno en matemáticas, pilar de la astronomía que tanto le

gustaba, entonces la "opción sensata", términos empleados por el consejero vocacional que su madre Marcia le pagara, fue elegir el colegio terciario que brindaba una educación ordinaria a pequeñoburgueses y a hijos de inmigrantes del condado de Westchester. Su infatuación científica derivaría así en una elección realista. Técnico de laboratorio, sugirió el consejero.

— ¡Lindo!, de investigar las estrellas a analizar el pipí de los enfermos- ironizó al contarle por teléfono el desencanto a Marcia.

Ella tosió su catarro de paciente grave y él tuvo remordimientos por lo dicho. Incongruentes aunque ine-vitables. Consideraba pusilánimes sus quejas al compararlas con el padecimiento materno.

Marcia le dijo que podía ser actor. No le faltaba apostura, según la madre y según las chicas. Estas opinaban que Russ era mono con su mentón cuadrado, la pequeña zanja en la mitad, ese hoyuelo que gusta a las mujeres, y la melena revuelta, rafaelesca. Monono, sí, y huraño, parco en ocasiones hasta el fastidio.

Marcia era vana, había sido bonita y privilegiaba el atractivo físico. Russ no le contradijo; interrumpió la charla por inútil.

Cuando a fines del verano se inscribió en Materia y demás sustantivos, la amargura le acompañó unos días. Remoto era ya el sueño de fugarse al MIT. Sin dinero y sin talento, se dijo, y para colmo con una familia excéntricamente ensamblada - madre virtual o telefónica, padre muerto, no lo había conocido, ni sabía llorarle, ¿para qué?, y una abuela (¡podía creerse!) apócrifa - no desplegaría las alas. Desde el arranque las traía mochadas.

(...)

Septiembre, sin embargo, le ofreció barajas auspiciosas. Primero sucedió aquel incidente en un tren, al regresar de su trabajo tarde en la noche. El guarda y él, solos, ayudando a la mujer en pleno parto. Pensó que los astros cuyo conocimiento último le era remiso, conspiraban esta vez en su favor, le manifestaban el camino.

Y luego, la otra carta alentadora. Vanessa Cooke en la mismísima clase de Materia y...

El curso se dictaba en un salón grande, los bancos de los veintitantos alumnos formaban un organismo vivo, un centro móvil en esa caja sin ventanas. En una de sus células se hallaba Vanessa, enfrascada en una conversación con la fornida Dinah y otra junior, Jillie, pelo lacísimo, aire de Morticia Addams. Russ desafió su asombro, negándose a llamarlo miedo, y respondió al saludo de Dinah que meneaba la manito cerdosa. Jillie destelló una sonrisa, la boca pintada de rojo irregular, su boca irregular. Nessa miró por encima del hombro. Él se sentó unos bancos atrás.

Las tres cabezas se juntaron como participándose un secreto. Hubo risas. Los dedos de Nessa juguetearon sobre un piano, las uñas cortas, iluminadas por un barniz nácar.

El acercamiento se hizo esperar. Ningún diálogo repentino, nada inmediato. Él asistió a clase con el convencimiento de que la estudiante se hallaba al tanto de su presencia en el tercer banco detrás de ella. Certeza que no le alivianaba el susto, la sensación de vértigo.

Un día Nessa le habló. Banal la excusa, pidió un bolígrafo prestado. Faltaron los alumnos que se sentaban entremedio y ella le enfrentó, los ojos demorados como si indagara algo de él que Russ desconocía.

Días después le corrigió -para su desconcierto. Le contradijo -para su contento. La entropía, esto se discutía. ¿Qué predomina en el universo, el orden o el desorden?, preguntó Cavalli, un chico cerebral que parecía un tambor, retacón, gordinflón.

A la interrogación siguió un silencio de aburrimiento e ignorancia por parte de los compañeros que Russ quebró opinando: "Desorden con excepciones. Nosotros somos la poderosa excepción en la naturaleza, los organismos vivos".

¿Alguien en desacuerdo?, inquirió la profesora Phoebe Sereno cuyas clases de estructura errática podrían haber sido una parodia del caos cósmico. Con el puño cubierto de pecas, un dibujo de átomos marrones, Sereno golpeó sobre un pupitre. ¿Alguien en desacuerdo con Russell?, repitió y le hizo reiterar lo que había dicho.

Tersa, se oyó la voz de Nessa, voz complacida con su suficiencia intelectual.

—Los seres vivos exhibimos un grado de orden muy grande pero ocurre a costa de producir mucho desorden fuera de nosotros, y para el universo, el resultado neto es un aumento de la entropía— dijo. Apoyó la espalda contra la mesita del pupitre como si esperara la capitulación del contendiente, un reconocimiento de su capacidad mayor de razonar, y al mismo tiempo, con los ojos le anunció un atajo, una pasaje donde ella le esperaba vencido, si bien posiblemente feliz después de todo.

Ordenado y distinto, Sereno los miraba desde otro lugar del universo.

—Buen punto, Nessa. Por ejemplo… ¿alguien tiene un ejemplo?

Nadie tenía, ni la propia Vanessa.

—En el ciclo vital de las plantas, la energía solar, forma de energía bastante ordenada, se transforma en energía térmica, calor, mucho más desordenada -citó Sereno y aventuró con profusión de potenciales- ese orden sería, se consideraría, daría la impresión de ser un respiro en el desorden inmanente. Se crearía entonces una pequeña zona de concierto concentrado.

—Yo veo un orden, un orden- comentó Cavalli o algún otro anteojudo de los primeros bancos.

—¿No serán tus pruritos religiosos, gordo? -bostezó Fito.

—Es como un gran vals donde los átomos no se pisan los pies- concluyó Robin quien sin entender solía concebir epifanías.

—Gran Resaca. Una cerveza y otra y otra y otra. Anoche. ¿De qué habla toda esta gente? -texteó Lazarus.

—Del gran caos. Común al polen y a los espermatozoides -escribió Russ.

—Cierren los móviles, señores. Sí, usted, Russell Riordan, y usted, señor Hollander -reconvino Sereno.

Alcanzó a leer otra línea de Lazarus: "el monstruo de Long Ness, listo para devorarte".

Lanzó una mirada oblicua. Bajo el torrente de pelo, agua luminosa, destellos en las ondas, Nessie desaparecía, la cabeza inclinada.

(...)

Si solo hubiese estado atento, un poco más seguro, alerta... Nessa debía de conocer su itinerario... Pensó luego que el seguimiento de miradas era mutuo. Y que no fue casualidad, milagro alguno, que ese día, camino a la clase de italiano y recitando Dante, "la oscuridad es el silencio de la luz", arrobado aún por la discusión de la mañana, la encontrase allí frente a Cornelia Hall. Bajo el ginkgo completamente amarillo, un cáliz en donde repiqueteaba el sol, la chica estaba con la lacia Jillie que le habló, le dijo algo que él no pudo entender. Ni lo intentó.

Se dirigió a Nessa. Lo discutido en clase... el argumento de ella... lo revisaría. Eligió un verbo que no le entregaba. *Revisar*. Una palabra que lo distanciaba, ponía a cubierto su orgullo sin contradecir completamente su interés.

Por toda réplica, ella dijo lo del nombre y el otoño.

—Russ Russ, tu nombre tiene el ritmo del otoño, Russ, pasos que trituran hojas secas.

Avergonzada (¡tan lejos había ido!), se extravió en la búsqueda de un encendedor dentro del bolso. Demasiadas cosas acarreaba siempre, murmuró mientras exhumaba del vientre de cuero pertenencias varias. Una caja de chicles, la billetera, un libro pequeño.

Él llevaba consigo un encendedor. Transparente, esos de un dólar. No se lo ofreció, no recordó que estaba en su bolsillo hasta que estuvo en la clase de la vieja profesora Scaldi. La llama se agitó. Azul, extraña, fuera de lugar.

Quemaría las hojas, susurros de su nombre, pensó, encendería una hoguera y ojalá viniese ella a contemplar el fuego, a sentarse a su lado, hasta que muriese el crepitar en las cenizas y se hiciera el silencio. *Silenzio assoluto della luce.*

A su alrededor, los estudiantes hicieron morisquetas, levantaron las cejas.

—Che cosa è, Russ? -gesticuló, los brazos italianos en alto, la señora Scaldi, y al aproximarse, como le ocurría a menudo para torvo deleite de los alumnos, se golpeó el muslo contra la punta de uno de los bancos. Por el dolor se le multiplicaron las arrugas.

(...)

Fue Elsa quien enteró a Russ de los detalles del caso policial. La mujer contó la historia de Bruno Petrello, dueño de la ferretería "Bruno". *Asaltado por un chico Cooke. Tiene una hermana, Vanessa, que va a tu college ¿La conoces? ¿Y a él?*

Todas las malas, realmente malas noticias, salían de boca de esta abuela con la que vivía. O por lo menos creyó que era su abuela hasta que Elsa desdijo el parentesco. En cualquier caso, en forma oficial y para el nieto de su familia biológica expatriado, ella siguió llevando el título de abuela.

Cuando era niño, exhibiendo su inclinación astronómica, dibujaba a Elsa como una luna que rebotaba en el jardín de una casa imaginaria (linda y lujosa, no la de ellos). Llena, baja, piernas y brazos cortos, en el garabato de Russ apenas asomados como extensión del cuerpo, y los ojos azules redondos, un poco de búho, el único rasgo incisivo de aquella identidad orbicular. Esto y por cierto, su personalidad que la convertía en una luna rugosa, inhóspita, con cráteres. Sus carcajadas escépticas, cráteres aquí y allá.

Russ tenía doce años cuando Elsa hizo trizas el vínculo que los unía.

—Es decir: soy, vengo a ser, técnicamente tu abuela.

Arrodillada, le ayudaba a embetunar los zapatos marrones que llevaba a la escuela; sentado en la cama, él la escuchaba, estoico, estupefacto.

A esa edad, el *técnicamente* le sonó a clase de ciencias.

Elsa amplió su declaración con otra palabra científica. *Biológica*.

—No soy tu abuela biológica, madre de tu madre. Tampoco madre de tu padre -agregó para despejar en su forma arbitraria aquel embrollo.

Russ interrogó a su madre por teléfono. Desde Vancouver, donde vivía, Marcia le previno que no eran cosas para conversar a la distancia. Y la única vez que madre e hijo se encontraron en los siguientes dos años, ella empujó la charla pendiente "para dentro de un tiempo".

Tres años pasaron hasta la próxima reunión. Marcia estaba enferma, uno de sus pulmones carcomidos. La abuelitud de Elsa, falsa o no, se convirtió en un pensamiento irrelevante. ¿Acaso no estaba allí oficiando el rol de familia con sequedad uniforme quebrada por besos bruscos?

Cuando Russ partía al trabajo, por ejemplo, Elsa le besaba estruendosa. "Porque uno de los dos puede morirse", explicaba optimista.

En otro rapto de candor años más tarde, la seudo-abuela descorrió otro velo ingrato.

Hablando de Zac Molina, con quien Marcia se casó previo abandono de Drew, padre de Russ y veterano de la primera Guerra del Golfo, previa viudez también, Drew estrelló el auto en una ruta perdida de Alabama; hablando mal de Zac, por quien profesaba un desdén riguroso, Elsa contó que éste había obligado a Marcia a deshacerse de Russ.

El perro o yo, le exigió; bueno, una forma de decir, lo que dijo fue Russ o yo.

El nieto la escuchó en silencio. Como un perro. O peor de desolado, sin gemir.

En su habitación Russ había colgado una foto de la National Geographic Association ampliada con la computadora. Los esqueletos de una mujer y dos niños enterrados en el Gobero, un gran cementerio en el Sahara descubierto hace unos pocos años.

En la edad verde del Gobero, hacía cinco mil años. "Los tres fueron depositados en un lecho de flores", decía la nota que iba con la foto. El viento tórrido dispersó la arena y al descubierto quedaron madre e hijos, éstos extendían los huesos en un abrazo inconcluso a la madre, un abrazo que no llegó a ser.

Russ pensó en Marcia al elegir esos fósiles enternecedores. Un amor filial inmóvil y un amor materno perdurable, dibujados los dos en la caverna del tiempo.

La noche de la infidencia Elsa notó que la foto no estaba. Extrañó, por no encontrar otra palabra adecuada, las sonrisas calavéricas.

—Las puse en el cajón -dijo el chico y agregó:

—Tal vez me equivoqué en la interpretación. La mujer se habrá hartado y los hijitos ni en el minuto último la dejaron en paz. La siguieron a la tumba, los estorbos, infelices y necesitados.

Elsa enhebraba con un hilo celeste una aguja para coserle el botón de una camisa de jean.

—Es una posibilidad... así y todo...no se deduce que no los quisiese. El amor es imperfecto, dicen. Cualquier amor... ¡Ay!

Se había pinchado el índice, un movimiento errado de sus manos viejas. Globitos de sangre pertinaz gotearon aquí y allá, sobre el hilo celeste, los otros dedos.

—Castigo -dijo.

Con el dedo en la boca se fue al baño a buscar una curita. Dejó manchada la camisa de Russ.

Que Elsa se entrometiese por así decir, incursión al azar, en la historia rebajante de la familia de Nessa, le enfureció, le causó una desazón exagerada. La abuela no sabía de la compañera. Menos aún que en la proximidad de Nessa a Russ se le descompasaba el respirar.

Era domingo. Del tiempo en la escuela, le había quedado la pesadumbre de ese día, cuando se sospecha una fatalidad inminente que se llama lunes. Era otoño, le entristecía el avance de la oscuridad a hora temprana, *silenzio della luce*, las cinco apenas y la vida en sombras.

Elsa sirvió café para los dos. Sobre la mesa puso los billetes de lotería. No había encontrado el once, número que a Russ le gustaba.

Desde hacía años, Elsa compraba en "Bruno" abono para plantas y los números que les harían ricos. Un juego trasnochado, imaginarse millonarios. A los once años, Russ quería un equipo completo para irse de safari; a los veintidós, un Ferrari blanco.

Nombró a los Cooke. Él sintió el corazón caído en el estómago.

Bruno Petrello había preguntado si Russ estudiaba en Fordham. No, en el college de los maristas, aclaró ella. Eso le parecía, dijo él.

Al college marista iba el canallita que lo asaltó en noviembre, aunque Petrello creía que debía haber abandonado los estudios. Él y otro vago quisieron levantarse con la caja, el dinero de la lotería. Golpearon al asistente, Pedrito, un mejicano "minúsculo como yo y tres veces más flaco", describió Elsa. No contaron con que un patrullero pasaba por la zona. Cooke era el apellido del tipejo, dijo Petrello, la hermana estudiaba en el mismo college.

"De una familia así", había dicho Petrello. "Gente correcta; para decirlo de otra forma, que no se puede confiar en los genes", dijo Elsa.

El padre era contador; la madre trabajaba en un laboratorio. Lloyd se llamaba la lacra. La policía habló de una pandilla, no era el primer incidente. El contador dijo que por lo menos la hija les había salido bien. Vanessa es tan distinta, Vanessa es tan distinta, contó Petrello que el padre repetía como un sonsonete. Pregúntele a su hijo si la conoce, pidió Petrello. Vanessa Cooke.

—¿La conoces?

—Sí.

—¿Cómo es?

—Distinta.

—¿A su hermano?

Con manos y cejas en alto, Russ gestualizó un quizás no comprometido.

—Una chica normal, una familia normal -se contestó Elsa.

No pudo resistir: cruzó los brazos detrás de la cabeza, se estiró, se burló.

—Como tú, abuela.

Bebió el último trago de café, se levantó, intacto su fastidio, para evitar nuevas preguntas.

Elsa le recordó que no había dicho qué compraría en caso de convertirse en millonario.

—Dos casas. Una para ti y otra para mí. Apartadas. En Alaska y en la Antártida. Lejos, lejísimos la una de la otra -contestó.

(...)

Encamarse, encamarse con la mayor cantidad...

La consigna.

O así parecía.

Chistes se hacían cuando en clase Robin entrecerraba los ojos adormecido. Del pub se había retirado la noche anterior con Sabrina, a quien se le disculpaba la marcha de pingüino piernas gordas por la generosa delantera. O indirectas se lanzaban en el caso de Lazarus, cuyos rasgos feos, nariz martillo, ojos saltones, atoldados, se combinaban en forma seductora para que un enjambre de chicas le revoloteara. "Tus mujeres", le decía Fito envidioso. A éste el pelo rojo, la estatura baja y el cuerpo ancho le pesaban en el camino a las conquistas. "Mis mujeres", repetía el feo con suerte, sin malicia, sin detalles, el cinismo honesto.

Encamarse con la mayor cantidad de chicas posibles.

Cierto es que en el mundo festivo de los mosqueteros había más imaginación que actividad. Por crianza: educación religiosa al fin y al cabo.

Acostarse.

Russ, al menos, lo hacía con una; lo había hecho, hasta el final del verano. Alenka, así se llamó su romance del diario viajar. La conoció en el tren la misma semana en que empezó a trabajar como guardián en el Museo de Ciencias en Manhattan; horario nocturno, terminaba a los once y después le reemplazaba un guardia veterano. La chica parecía hecha de cera, belleza de muñeca antigua, pestañotas espesas y derechas. Era de Eslovenia, vivía en Chicago y estaba pasando una temporada con una pariente en Westchester.

Pasado el tiempo, Russ recordaría la piedra brillante que ocultaba su ombligo. El ombligo luminoso de Alenka, faro para entrar en su sexo.

Cuando ella se marchó a Chicago, se prometieron tomar el tren que atraviesa Canadá en el otoño del próximo año; visitarían a Marcia en Vancouver. Se enviaron mensajes, tres, cuatro. Pronto, los dos se silenciaron.

En un vagón de tren, coincidentemente, Russ habría de encontrar su vocación. Después de que Alenka se hubo ido.

Su epifanía en la noche. La sabiduría súbita de para qué había venido al mundo mientras ayudaba a traer alguien al mundo.

Sería también la única vez que saldría en un periódico.

"Apurada, la cigüeña entregó un bebé en un tren suburbano. Con la ayuda de un guardia y un joven estudiante, una mujer dio a luz un varón entre las estaciones de Mount Vernon y Pelham".

Recordaría el chal marrón de la mujer llorosa, estampado con rosas de un rosado tal que parecían mustias. Grandes y feas. La cara de la mujer, grande y fea, lucía como una de esas rosas color de pobre.

Recordaría que una de las piernas en V de la victoria, veteada de azul, várices prematuras, sería un punto de apoyo para su flanco al tironear del bebé.

Rápido y sin complicaciones, recordaría: bing bang. Un varón, el pelo oscuro surgiendo de una mata oscura, cara y cuerpo manchados con constelaciones de sangre y de placenta. La carita fruncida, la más roja de todas esas rosas, fresca. Big Bang.

El llanto, en cambio, tardó en llegar. En la desesperación, Russ exageró la palmada y el crío respondió con un alarido que hizo reír histérica a la madre. La mujer dijo que le pondría Russ por él, Javier por el abuelo y el apellido de ella. Russ Javier Ventura.

Recordaría aquel cuarto creciente, enredados los cuernos astrales en gasas deshilachadas. Nada nuevo bajo la luna, pensó. Aspiró hondo, el viento arrastraba un último aroma de magnolia, último rastro del verano.

Nada nuevo. Repitiendo un gesto inmemorial, había sostenido una estrella en los brazos, tanteado su volumen, su peso, su latido, palpado lo inexplicable. O quizás solo fuera que con la criatura alzada había sentido una reverencia similar a cuando miraba las estrellas. Comprendió, al tiempo que caminaba y solo oía sus pasos en la calle desierta de aquel barrio modesto, el lado pobre de North Avenue, que quería reiterar la experiencia. De ahí en más, convertido en un adicto a ver nacer, al terror y a la euforia de asestar la palmada para oír la violenta victoria de la vida. Su vagido violento.

(...)

Elsa agradeció que la casualidad hubiera puesto al nieto y a la parturienta a compartir vagón. El estudiante devolvió a la familia del Gobero a su muro habitual, reconciliándose con algo que no pudo explicar. Fulguraron los huesos de la foto con la luz ocre de una lámpara nueva. El obsequio de una abuela deslenguada.

(...)

Que Nessa le siguiese cuando entró en la biblioteca en busca de una biografía de Edwin Hubble, eso no fue fortuito. El universo se expandía, se expandía, pero ella repentina a su lado, los lentes brillantes y preguntando por un autor francés, principios del siglo veinte. La bibliotecaria Devon no lo tenía en el catálogo. Ofreció pedirlo en préstamo a otra biblioteca si estaba tan interesada.

Desmedida en su beligerancia, Nessa criticó al Departamento de Francés por no incluir al escritor en la lista bibliográfica.

—No hay dinero para comprar ni todo ni lo último que se publica, como la obra de este escritor -argumentó Devon. Era una mujercita cetrina, fea, con unas manos bellas "a fuerza de acariciar libros", pensaba Russ.

—¿Lo último? -repitió Nessa- Es de principios del siglo veinte.

Miró a Russ invitándole a compartir su alarma y la insolencia.

Él no la secundó.

—No será una novedad, pero seguramente se ha revivido el interés por este escritor. Si no, ¿cómo lo conocerías? -preguntó la empleada sin esperar respuesta, más bien para poner a Nessa en su lugar, el de la ignorancia ilimitada de los jóvenes. Con seguridad que implicaba conocimientos de francés, anotó el nombre del autor.

Nessa masculló un gracias colérico y por fin pasó a Russ.

—¿Viniste a estudiar?

Dijo que no y Hubble quedó para otra vuelta.

Marcharon de común acuerdo hacia la entrada de North Avenue. Blanco y acero en la mañana húmeda del campus, toda diafanidad se iba oscureciendo y remolinos de hojas obedecían al cielo tormentoso. "No todavía", desafiaba un resto de sol, débiles los rayos, casi derrotados. Un aire airado espantó la esperanza del sol, levantó algunas faldas, estuvo a punto de llevarse cabelleras de chicas, despeinó a algún muchacho. Miradas interrogantes se colgaron del cielo; los pasos se apuraron.

Ella era más alta de lo que parecía. Sus huesos chicos engañaban. Con los dedos enhebrados en el pelo, descubriéndose la frente para evitar que el viento le echase mechones a la cara, Nessa hablaba rápido, sonreía. Se sonreían, en verdad triunfantes por la mutua captura, la instancia imaginada un número ridículo de veces, ahí sobrevenida, fatalmente quizás, ¿pero importaba?

Le preguntó si era del Illinois "o alrededores".

—Tu dicción clara como venida del sótano -dijo ella, los ojos divertidos. Una primera estocada con los ojos, un coqueteo.

—Mi padre era de Wisconsin.

—Ah -dijo seria, con la actitud haciendo eco del *era*, la descripción de una ausencia.

¿Y ella, de Nueva York?

Pennsylvania. Cerca de Filadelfia.

—Aristocrática Filadelfia.

Intentó ser gentil y se equivocó: Nessa se retrajo. Y en seguida lo opuesto, como si expulsara las palabras.

—¿Sabes que tengo un hermano preso, delincuente?

No respondió. La miró atrapado en su torpeza, su tonto intento de ser gentil. Hermano en prisión, muy poco aristocrático. Caminaron en silencio. Russ se recompuso y preguntó por qué le interesaba el autor francés.

—Primera vez que le oigo nombrar -reconoció con la confianza de que no se le despreciaría igual que a la hostigada Devon.

Comenzó a contar algo abstraída pero se fue apasionando.

Alain-Fournier había muerto en la primera guerra mundial, días antes de cumplir veintiocho años. Escribió un libro notable, *El gran Meaulnes*, y piezas sueltas, poemas. Dos películas se hicieron en base al libro. La película, la vieja, no estaba mal. El libro era ex-tra-or-di-na-rio.

—Los personajes… son perseguidores. Del amor, la belleza, de sí mismos…buscadores, perseguidores, eso eran… el tipo pintó… -trató de hallar la mejor palabra-lirismo, con un lirismo único lo que significa ser joven.

—Quizás lo que es ser joven en Europa, aunque prefiero pensar que no es así -agregó- sin embargo, me temo que para la mayoría de nosotros, los jóvenes educados en la fealdad de los suburbios norteamericanos, la belleza es un botón de plástico, una camisa de Armani Express comprada en un centro comercial.

Le estaría siempre agradecida a Dinah por haberle

prestado la película, así se había interesado por el libro. ¿Conocía a Dinah? Cursaba francés, había vivido unos años en Francia con los padres; él hacía italiano, ¿no?

Sabían cosas recíprocas, se habían espiado, dedujo Russ con gusto.

Llovía a cántaros. Estaban refugiados bajo el alero de CVS, el drugstore donde había paraguas que no pensaban comprar.

El mundo olía a frío, al pelo de ella, cigarrillo y perfume alimonado, a lluvia transversal. En la vereda de enfrente, un perro de patas cortas se mojaba, caminaba en redondo, de aquí allá, de allá aquí, buscando un dueño ausente. Gemía. Gemía, no ladraba.

¿No era desdichado que alguien así talentoso muriese y una multitud de canallas sin nada que decir y solo mal por hacer sobreviviesen? Nessa solía hacer reflexiones en forma interrogativa. Se había sacado los anteojos y parecía estar concentrada en la aventura del perro.

—Bienvenida a la justicia ciega -dijo Russ. Se sentía feliz y, con todos los sentidos encendidos, el corazón encendido, por el perro a la vez profundamente triste.

—Espero que no cruce -dijo Nessa.

El animal no cruzó. Se refugió en otro umbral, el de una casa. De tanto en tanto, habría de gemir.

Russ alquilaría la película, eso dijo. Las hojas secas formaban guirnaldas irregulares en la acera. Empapadas, no crujirían en el russ russ, sonrió ella.

Pisó la colilla del cigarrillo, metió el pelo dentro de la chaqueta marfil. La lluvia iba amainando.

Se hubiese colgado del brazo de Russ. No se atrevió.

Russ hubiese deseado llevarla por los hombros. No lo hizo.

Se acercaba el examen de mitad de curso. Podían estudiar juntos, sugirió él, darle cierta coherencia a las clases espasmódicas de Phoebe Sereno. Ella dijo que sí con la cabeza y dictó el teléfono que él tecleó en su directorio. Dijo que vivía en la calle Fern; él, hacia el otro lado, el de las casas pequeñas, no había que cruzar la avenida North.

Se despidieron un poco fuera de sí, sonriéndose y

sonriéndose. Como saboreando al otro. Y la euforia, el arrebato.

(...)

Los hermanos Stiller decidieron anticipar Halloween y hacer una fiesta en mitad de octubre. Planearon que fuera de disfraces, después se decidió que no, y finalmente como hubo protestas, se dejó al arbitrio de cada cual la vestimenta con la que habría de asistir, con o sin traje de fantasía. Nessa fue invitada, si bien de antemano los carirredondos, bonachones Stiller, Drake y Cindy, calcularon que se excusaría. "Los que nunca vienen, no vendrán", dedujeron mientras se ponían de acuerdo en la cantidad de cervezas a comprar.

Russ, que acostumbraba caer un rato por las fiestas, se disculpó. Era viernes, trabajaba hasta tarde. Después de medianoche la diversión se hallaría en pleno auge, quisieron convencerle los hermanos.

—Ninguna te entusiasma- investigó Lazarus.

—De las que van, no.

—No las que van.

—Eso quise decir -respondió Russ, remiso aún a confesar.

Los ecos de la fiesta reverberaron mal. Alcohol y hierba y chiquilines no acostumbrados a tal combinación.

Los mosqueteros se portaron a la altura de sus blasones. Salvaron a Maui, quien más de una botella había empinado, de los avances de un par de colados, amigos de amigos de otro grupo de amigos. Poleras de cachemira, uno con buzo de Columbia, tipos de buena traza e intención viciosa.

—La arrinconaron en la cocina, le estaban levantando la remera y no sé qué habría pasado, si no entra Jillie en el momento y nos avisa. Casi nos vamos a las manos. Logramos sacarla de ahí sin arruinar la fiesta, la llevamos a la casa y la dejamos en el umbral sentada y medio dormida. Uno de nosotros, no importa quién, la acarició un poco. Nada mayor, un roce de tetas. Santos no somos. Al día siguiente, Maui nos llamó y nos dijo que en el futuro podríamos dormir con ella, uno por vez. Puede haber sido un chiste. Con Maui nunca se sabe - le contó Robin a Russ salvaguardando la identidad del aprovechado, que pudo haber sido él mismo.

Enterada Nessa, ofreció un único comentario que no exceptuaba a ningún participante en la reunión. No había esperanza para esta gente -dijo- ni siquiera biológica, cuando después de los veinte años les madurase el lóbulo frontal. Les faltaba "el órgano básico, un cerebro donde madurar algo", concluyó con encogimiento de hombros, como si entre "esta gente" Dinah y Jillie no fueran sus amigas del alma, como quien desaprobase a perfectos extraños.

Russ admitió que estudiaba con Nessie. "El monstruillo", comentó uno de los mosqueteros, los otros cabecearon incómodos ya que no querían aprobar la relación (¿Vanessa? ¿Aquella? ¡La misma! ¡Insoportaaable!), tampoco hacer bromas. Austero, se diría obligado, Fito dejó caer un medio elogio:

—Se la ve linda, mejor vestida, cambió de anteojos o a mí me parece. Estará enamorada. Una tía que escribe poemas, pobrecita, me dijo que cuando las mujeres se enamoran se ponen más lindas.

—Ja ja -dijo Russ secamente.

(...)

La primera vez que se reunieron fue en la casa de ella. Y Fito tenía razón: Nessa estaba ataviada como si fuera a hacer una salida de importancia. Blusa blanca con jabot, las mangas tres cuatros con volados, un jean azul oscuro y el cabello en parte recogido por una cinta también azul oscura, suelto en parte y cayendo al costado del jabot. Estuvo a punto de elogiarla pero la seriedad de ella -incómoda, arrepentida de su extravagancia- le disipó el impulso.

Para tomar café, llevaron los libros a la cocina donde ardía una salamandra y la pulcritud relucía estricta. Ni un plato ni una cuchara y menos la leche, se abandonaban fuera de lugar. Rutinariamente, Nessa cumplía con los ritos de la prolijidad. Russ observaba.

—Aquí soy atildada. Mi dormitorio es un caos gigante -el comentario sonó raro (pensó ella: de veras torpe, un lapsus, hablar del dormitorio en la primera visita. ¿Una invitación?).

La sala parecía pequeña por el abigarramiento de muebles. Algo de inevitable había en el sillón de cuero, el globo terráqueo; algo de aguardable en las cajas de música, una de ellas con forma de guitarra decorada en nácar. "Para irritarles -se refería a los padres- y para calmarme yo", solía darles cuerda, las dejaba sonar al unísono. "Torna a Sorrento", "Oh mi bella Madonnina" y "Para Elisa", un concierto que "arruina por disonante el propósito de estos cachivaches".

Hizo una demostración práctica y Russ se tapó los oídos.

—Ellos y sus gustos... -suspiró- Yo las asocio con episodios truculentos. La musiquita, tin tin tin tin, una bailarina de madera girando rígida y un cadáver fresco en el suelo. Debo haber sacado la imagen de una película. ¿Cómo son los tuyos, tu familia? -se interesó.

—Pobres.

Habló brevemente de Elsa. Jubilada, buena mujer, mira constantemente la hora, come con la boca abierta tipo perro.

La imitaría. Así: klapslapshp.

—Uso tapones en los oídos cuando comemos para ensordecer sus lambetazos.

Nessa se rió.

—No sé si es mi abuela.

—¿Cómo?

—Una historia larga. No la conozco bien... pero he vivido siempre, casi siempre con ella.

Nessa le mostró sus esculturas hechas con ramitas de árbol. Le presentó cuatro figuras, variaciones del mismo tema. Esgrimistas, espadachines, ramas enlazadas en perpetuo torneo. Con la sequedad de esqueletos. Russ recordó a la familia del desierto, su familia del Gobero. No dijo nada.

Ella contó que se debatía entre el arte y las leyes, artista o abogada.

—Me atrae también la psiquiatría; una inclinación, supongo, basada en mi cordura escasa. ¿Y tú?

—Otro día, otro día hablamos de ello -dijo y Nessa se conformó feliz, simplemente feliz con la promesa de *otro día*- y quizás otro y otro y otro, y acaso el porvenir.

Estudiaron, en realidad charlaron. Nessa le dejó timonear los comentarios sobre grupos musicales (Dinosaur Jr., para mi inigualable, el mejor de los mejores), unas fotos de laberintos trazados en la nieve, los túneles de Brooklyn (habrá que visitarlos, tal vez en primavera), horarios de trenes y museos, un cuadro de Lucas Cranach que soñaba ver en Villa Borghese, la Venus desnuda con amplia capelina roja, dijo sin mirarla y anotando el nombre de un libro que Nessa había recomendado diez minutos antes. "Inner life of music and mathematics".

Y la entropía, medio al pasar, sin discusión. En esos días ella había leído sobre la "flecha del tiempo", su dirección ineludible del pasado al futuro. Pero el pasado es ordenado, organizado y le daba la razón a Russ; en cambio, en el futuro, las cosas se volvían más y más liosas, incontrolables, y coincidían entonces con su visión. En seguida del Big Bang, el universo comenzó de una manera organizada y fue convirtiéndose en una entidad azarosa.

Él mencionó que había presenciado un nacimiento, "un Big Bang también, si se quiere; te digo que nada ordenado."

—Nada limpio -puntualizó Nessa- no obstante, el resultado "bebé" es ordenado.

Le prestó el libro de poemas del escritor admirado.

—No me irrites -bufó cuando Russ advirtió que apenas entendía francés. Marcó una de las poesías y ordenó que buscara la traducción en internet.

No repitieron el entusiasmo de la primera separación. Formales, sin tocarse (¡cómo habrían!), ligeramente agazapados (iniciada la danza, la seducción en marcha, alguien podría tropezar, alguien podría lastimarse). A solas, cada uno en su casa, confirmaron (para su intenso desorden) que el mareo seguía con persistencia incontrolable.

(...)

—"A una joven, a una casa, a Francis Jammes" -Peg, la madre de Lazarus, hizo francesa la 'r' de Francis, agarrotada en la garganta. Leía la dedicatoria del poema.

Russ prefirió pedirle a ella que lo tradujera.

—Es muy largo -protestó la mujer. A su cara angulosa y a su ingenio tajante, Peg agregaba la fascinación del dominio de la lengua sensual. Tenía a los mosqueteros una pizca hipnotizados. Tradujo entonces lo que le vino en gana, los versos que consideró bonitos.

"Con los ligeros pétalos, aromados y quemados, color de nieve, color de oro, de fuego, sobre las flores de la tierra y las flores de los campos"

-No está mal -opinó poco convencida, luego aprobó- éste es lindísimo.

"Y traer súbitamente la frescura de tus manos y en tus

cabellos, los veranos del mundo".

—¿Estás enamorado, Russ? -su mentón le apuntó triangular, la cabeza echada hacia atrás, la boca alargada, sobradora, mientras le devolvía el libro.

Como gallinas: clo clo clo ¿estás enamorado estás enamorado? Clo clo... Elsa le había hecho esa pregunta -¿qué sospecharía? ¿qué vacilación en la voz, mirada evasiva, le habría entregado?- y ahora Peg.

No era la primera vez que veía, en este caso toleraba, a adultos cacareantes batiendo sus plumas, clo clo, encendidos, martilleantes, inquiriendo lo mismo. ¡Las mujeres, las peores! ¿Qué hay en el amor joven de tan único? ¿Por qué la curiosidad, el alboroto, alrededor del chico, la muchacha de turno? ¿Acaso les reverberaban los recuerdos? Como gallinas, sí, con emoción de antaño, con un temblor vicario.

No le contestó, enfrascándose en la contemplación de la foto pre guerra del escritor.

Peg, la cara atractiva, picardía en los pliegues, se inclinó hacia adelante, le observó.

—¿Qué? -dijo avergonzado, impaciente.

—Nada, hombre, creí que estabas enamorado de mí. Esto es un resbalón para mi ego, diría la señora Robinson. Por cierto, eres tan joven que ni siquiera sabes a quien me refiero.

—Conozco la canción; no vi la película "El graduado".

—¡Aaaah! -se asombró Peg complacida. Con la cabeza baja, una mano acariciaba la frente como si meditase alrededor de una idea fundamental sin abandonar el aire divertido.

No supo por qué se envalentonó. Quizás lo que dijo Peg, quizás los movimientos de la cabeza coqueta.

—En cualquier caso, usted debe saber que es y será el modelo para todos mis amores- se oyó decir osado.

La audacia llegó allí, no tenía idea de cómo continuar. Lazarus, bendito fuera, entró buscándole, exigiendo atención.

Peg saludó a su hijo con un beso ruidoso. Eufórica, toda la euforia dirigida a sí misma, a su validada seducción.

—Creo que tu amigo está por declararse -le dijo al oído en un susurro que no intentaba serlo.

—¿A quién?

—A la chica que quiere, por supuesto.

(...)

El universo, dijimos, nació ordenado (¿así todo comienzo?); fue en camino al futuro cuando se desquició. Indisciplinado, precario, vertiginoso, fulminante. Confuso, qué confuso.

Separación.

Enfriamiento.

Russ se enfrió. No hubo declaración -Peg se equivocó en el vaticinio.

Intentó explicarse; sólo consiguió molestarse con él mismo. En la zona de penumbra se asomó a un mañana posible, un horizonte donde se vio con Nessa. Y prefirió que no.

En su propio descargo atribuyó el cambio a la tempestuosidad de la muchacha. Como vivir, imaginó, con la Reina de Corazones y sus bramidos. Siempre pidiendo que cortaran la cabeza de alguien.

Para Nessa fue sencillamente lastimante, un congelamiento que la hizo retraerse perpleja. Incomprensible... si a su entender las cosas iban bien...

A aquella primera sesión de estudio le siguieron tardes de tenso flirteo intelectual y lejanía física obstinada. Mencionarían el sexo provocadoramente, burlándose, deseándolo. Las canciones de Maxi Starr fueron pretexto, en la radio que estaba puesta baja.

—Canta como si en medio de un orgasmo le reprochase al amante por qué no ha pagado la cuenta de la luz o por qué es como es -diría ella con su pronunciada capacidad de síntesis.

Russ coincidiría; aturullado buscaría una frase ingeniosa, no quedar a la zaga. No la encontraría.

Ya en la segunda reunión Nessa le sonsacó la decisión de ser partero. Al enterarse no expresó asombro, ningún rechazo, tampoco aprobación. Lo miró solemne, la mano en el mentón, esperando un argumento extenso -una justificación, se inquietó Russ.

—Es raro -otorgó él, la única glosa que habría de ocurrírsele cada vez que comentara, en general en forma breve, su elección profesional.

No presentaría razones, se sublevó de antemano. ¿Se exigía a otros estudiantes que declarasen las razones de por qué querían dedicarse a la farmacéutica, la geometría euclidiana, la pediatría o la podiatría? Lo de él era apenas -repetía el 'apenas'- un poco menos ortodoxo.

—¡Qué cosa! Tú con un rollo sobre el nacimiento, la vida y enternecimientos circundantes y yo a favor de la pena de muerte. ¡Los bebés, qué espanto! Nunca he alzado uno. Me causan entre terror y asquito.

Russ protestó por aquello de "enternecimientos". Lo de él se originaba en la curiosidad. Difícil de explicar y no quería meter la cuestión religiosa ni la palabra "misterio", la abusada.

Ternura debía ser un *mot* francés; rarísimo oírla en un norteamericano, dijo ella.

—En cualquier caso, lo nuestro es un buen balance -agregó en un murmullo.

(A su entender, las cosas iban bien...)

Esos días Russ tuvo despertares sombríos.

Incapaz de entender pesadillas, temores, sentimientos (imprecisamente pensó: para gente espinosa, me alcanza con Elsa), a ciegas se ensañó con Nessa. No era tan atractiva, los ojos demasiados juntos, caderas de varón, desgarbado el andar y la voz... qué arrogante. Contradecía por el placer de lucirse: "no es así... no creo... pero no... no, para nada."

—Voy a contarte los no -le dijo el día previo a aquel infausto en que Nessa atormentó a Mina D'Elia. La tarde en la que como preámbulo, Nessa ofreció su alternativa para la investigación en los laboratorios. A raíz de una historia que trajo Dinah, quien solía rodar su humanidad de casa en casa, ya que no trabajaba y mucho se aburría.

Llegó a lo de Nessa con el cuento de que el perro de patas cortas que se paseaba perdido por la avenida North había desaparecido "junto con otros perros, estos con dueño, pero que correteaban sueltos". Seis en total. En el "Westchester Tribune" acusaron a los chinos y a los coreanos de atraparlos para un banquete. Una acusación medio indirecta. No es políticamente correcto decir que se zampan cuanta cosa camina. Lo mismo se comentó sobre la desaparición de gatos el año anterior. Hubo testimonios, gente que había visto por lo menos a un par de chinitos con jaulas y mininos maullantes al anochecer.

—Pero hoy se publicó otro artículo con una versión diferente. Pruebas de laboratorio. Atraparon los perros para usarlos en pruebas. PETA y el Animal Kennel de North Shore denunciaron a dos laboratorios en Pelham. Qué feo, ¿no? Qué pena, ¿no? Ese perrito adorable, además de las patas cortas era medio chueco, gracioso, ¿no?

—Tengo la solución -interrumpió Nessa- una buena solución al debate, digo, de si se deben hacer pruebas en animales, los perros, las ratas, ustedes saben, para descubrir remedios, vacunas…ese argumento… muchos están a favor -puntualizó e hizo una pausa dramática mientras limpiaba con una franelita pálida los vidrios de los anteojos.

Dinah suministró el 'cuál' esperado. Russ aguardó un desafuero, no sospechó su vigor.

—En vez de bestias que usen criminales en los experimentos. Los presos a cadena perpetua que son enfermos terminales, por ejemplo. Total, todos ellos se van a morir igual.

(…)

Mina D'Elia tenía el mismo problema que Nessa. Un hermano en la cárcel.

A diferencia de Nessa, Mina era una estudiante mediocre que hablaba con frases desgabiladas de acuerdo con su figura larguirucha, piernas, caderas y cintura que se movían extrañamente como las de una marioneta de madera. Nadie habría notado su presencia, a diferencia de Nessa tan presente a pesar de sus silencios, si no hubiese sido por uno que otro episodio, la discusión con un profesor por una nota o con un administrativo por algún horario mal adjudicado, en los que Mina había desplegado su vena dramática. Con portazos, sollozos, amenazas, revuelo de estudiantes, intentos de calmarla. Mina convertida así de pronto en un batifondo insoslayable. Hasta que la calma se hacía nuevamente y Mina regresaba a la identidad que mejor le concordaba: opaca, una indistinguible flor de empapelado.

A diferencia de Nessa, Mina creía en la inocencia de su hermano, asimismo desarticulado y zopenco, liado con una bandita robacoches. Pillastres ineptos que solo servían para caer presos.

Las dos chicas no cursaban materias en común ni frecuentaban a los mismos estudiantes. La única semejanza era que no hacían vida social. Nessa por su temperamento y Mina porque estaba formalmente cocida a Art Gutierrez, quien estudiaba una especialización en geografía y hablaba con voz de muñequito de ventrílocuo engripado. Se casarían, el college completo estaba informado por la propia Mina, el próximo verano.

Fue en la cafetería, después de haber encontrado a Nessa en la biblioteca (un puro desencuentro, una charla ominosa; él no había terminado con los libros, ofreció alcanzárselos a la casa; que se los dejase a Sandrelli, dijo ella, poniendo a la secretaria de Ciencias de por medio, encarando así el adiós, no permitiendo el desaire), en el comedero de la fealdad sin tregua, con los malvones artificiales color kétchup y la cacofonía de platos, donde Russ las vio juntas por una única vez.

Nessa discurseaba vehemente y Mina, llamativamente apropiada de los "no" habituales en la otra chica, respondía "no me parece, no es así, no es tan así, yo no lo sé y tú menos que yo".

Russ estaba con Robin. Mientras se servía sus dos porciones diarias de papas fritas, el amigo señaló con el tenedor de plástico a las causantes del alboroto. De Nessa salía un rumor imparable, de terremoto, de tierra encabritada, que se oía salpicado por algún *Nessa Nessa* que pronunciaba Dinah llamando a la distensión. Una sola persona hablaba, ella y su sermón acusatorio; la otra noneaba tenaz.

—Es tu complicidad la que me preocupa. Digo mal: no me preocupa, me resulta despreciable. Absolverlo es volverte cómplice.

—No es así, yo le creo.

—¿Te dijo que es inocente?

—No con esas palabras.

—¿Qué palabras? ¿Cuántas? Inocente es una sola palabra; soy inocente, dos.

—No con esas palabras, pero le acusaron falsamente, estoy segura.

Bandejas en vilo igual que la curiosidad, los estudiantes se estacionaron en el extremo de la mesa larga en la que ocurría la pelea. Dinah y sobre todo Mina, lanzaron miradas implorantes en dirección a los compañeros. Nessa, que se hallaba de espaldas, siguió el movimiento de ojos de su víctima y al girar se encontró con Russ. El jersey gris de la estudiante acentuaba la cara demacrada; su pelo había desaparecido bajo una boina tejida. Lucía desarreglada, dejada sin estarlo, como si se odiase. Lejos de surtir efecto, la reprobación leída en la mirada de Russ atizó su virulencia.

Mina era cómplice al excusar al delincuente, reiteró, "como mis padres, siempre mirando hacia otro lado", intercaló enronquecida, con furia que Russ sintió dirigida a él.

—Los verdaderos culpables de las cosas que pasan, son gente como ustedes, los que se abstienen de condenar por miedo a que los condenen, por haber fallado al educar o por haber fallado como familia, los que justifican para justificarse, exculpan para no sentir culpa. La rueda de la culpa arrastra bajezas increíbles.

Sin defensores activos, negada para argumentar y mucho menos para discutir con Nessa, Mina acudió a la histeria. Arrojó la bandeja al suelo, el vaso de vidrio barato sólo se quebró en el borde, la Coca-Cola salpicó las botas de Russ, el sándwich se abrió por la mitad expulsando el queso que fue a parar debajo de una silla.

—¡Mala, malvada, malvada!

—Seguro que tu hermano es mejor.

Inspirada quizás por la rabia, Mina respondió con una frase que en su boca sonó inesperadamente ingeniosa.

—Mi hermano es mejor porque por lo menos quiere a alguien, nos quiere a nosotros. Y es valiente, por lo menos se atrevió a robar.

Dinah persiguió a la hipante Mina para consolarla. Robin le dijo a uno de los empleados de la cafetería que se necesitaba un estropajo. Nessa levantó la mochila para irse.

Russ intentó detenerla, la tomó del brazo, no supo para qué, la soltó.

—Ni abogada ni escultora. O tal vez escultora, si tu inspiración son los patíbulos, las sillas eléctricas, las camillas para ejecutar reos. ¡Para ejecutar! -repitió en un tono que (se arrepentiría) le sonó horriblemente alto.

Ella continuó caminando hacia la puerta. Se había sacado la boina y se alejaba con el pelo suelto, su manto de reina en un vaivén dorado. No se dignó a mirarle.

(…)

46

Pasó el día de los Muertos y el día de Todos los Santos.

Pasó una nieve que encaneció a las calabazas desdentadas, rezagos de Halloween.

Pasó un potente resfrío de Russ y un resbalón de Elsa pasó, en el umbral de la casa, que la dejó con una tobillera y los huesos benditamente sanos. Abuela y nieto se turnaron para acompañarse y hacerse té en el clímax de los mutuos males.

Pasó un pájaro con un ala rota. Elsa se negó a cuidarlo. Trae mala suerte, afirmó. Russ lo envolvió en una toalla y lo entregó en el refugio de animales que ahora estaba demandando a los laboratorios por el caso de los perros. Cuando regresó de esa excursión, estornudó como si la nariz y los pulmones estuvieran listos para salirse de lugar. Elsa le sirvió té con un montón de rum, un montón de miel. Se disculpó. Las plumas temblorosas me dan miedo, dijo.

Y otras cosas pasaron.

Lazarus dijo que abandonaría el college para dedicarse de lleno a tocar la guitarra. El padre estuvo a punto de echarle de la casa y juró no poner un céntimo en instrucción musical de ningún tipo. Griterío, llantos maternos, una carrera escaleras arriba, padre detrás de hijo para sacudirle, ¡al metro noventa y cinco de Lazarus!, su merecido. Pax paternae por último, una especie de tregua. El padre comerciante financiaría un año de guitarra a cambio del trabajo de Lazarus, sábados y domingos incluidos, en el negocio familiar de venta de muebles de oficina.

Mina D'Elia le contó a Maui que le contó a Dinah que le contó a Lazarus que le contó a los otros mosqueteros, que estaba embarazada y que se casaría con Art Gutierrez el seis de enero.

"Por eso reaccionó tan emocionalmente en la cafetería", le comentó Dinah a Robin, aunque la información iba dirigida a Russ, quien se concentró en la contemplación del ginkgo nevado, fingiendo indiferencia y no logrando engañarles. Dinah y Robin se entendieron con la mirada.

Y pasó la pelea con Fito. A golpes. El petiso consiguió castigarle el pómulo cerca del ojo. Russ le pegó primero en el mentón, luego recibió lo suyo, la oreja izquierda para ser precisos, y de inmediato contraatacó con un puñetazo entre estómago y pecho del retacón. Ahí terminó todo.

Su secreto también. Todo el college habría de enterarse de su decisión vocacional. Temiendo burlas la había mantenido oculta. Por anómala, por descaminada. En el mundo clase trabajadora del college marista, se aceptaba que una mujer fuera bombero, soldado, que manejara un autobús. Pero ¿un hombre partero? ¡Poco menos que bailarín clásico! Podría serlo solo si se resignaba al revoleo de ojos, las pullas solapadas.

Russ se lo contó primero a Robin y éste prometió silencio y en la semana se lo comunicó a Lazarus, en quien hubiese quedado (en materia de discreción era una tumba y de ella Lazarus no se levantaba), si en la charla no hubiese estado presente Arthur Tester. Pequeño, taimado, flatulento Tester, quien se lo chismorreó a Fito. Estos dos se llevaban bien, semejante la altura, la insidia semejante.

Ocurrió en los minutos previos al comienzo de la clase de Lógica ("Bases para un Razonamiento Correcto"), el salón a medias ocupado por estudiantes que cansinos iban entrando. Fito y Arthur dialogaban. Al entrar Russ, Arthur sonrió como tomado de sorpresa y Fito esbozó un gesto descarriado, intento de sonrisa socarrona.

—¿Entonces partero, eh Russ? ¡Bieeeen! Altruista, edificante.

No le contestó.

Fito siguió:

—Traer niños al mundo, perfecto, y además con la cabeza siempre metida en el supercalifragilístico de las nenas. ¿Cómo le dicen los hindúes? El yoni. Siempre allí, mi viejo, una panorámica continua del yoni -y hundía las manos en el aire y dibujaba un círculo e inclinaba la cabeza como para introducirla allí mientras chasqueaba la lengua dale que dale.

Tchk tchk tchk tchk.

Hasta que Russ le sacudió la primera trompada.

Palpando la herida, su dolor tolerable, pinceladas de rojo en las yemas de los dedos, se sonrió. Estaba ya en el refugio de la parada del bus. Ese canallita de Fito tenía razón, pensó. Algo de razón. Y envidia, quién sabe si no envidia. Era otra posibilidad ("Base para un razonamiento correcto"). El humo del cigarrillo le raspó la herida, pareció avivarla. Cierto, él estaría siempre allí, entre un número notable de piernas abiertas. Ahiiiií. Imposible negar el costado travieso. ¿Cómo, cómo? Se rió descaradamente, de ese pensamiento, de Fito y de sí mismo y de lo fuerte que se habían pegado.

(...)

Los libros sobre la mesa del comedor eran de Vanessa Cooke. Sí, la del hermano. Sí, los devolvería en esos días.

—Precisamente, para no olvidarme, abuela, los dejo allí.

Castigo de hecho, no recordatorio (del todo innecesario). Encima del libraco castaño de biología y de un texto, verde apocalíptico, de introducción a los ecosistemas, *"Miracles"*, de Alain-Fournier, *livre de poche*, edición de tapas rosa, coronaba la pirámide acusatoria de la historia inconclusa.

En otra mesa de otro comedor, leyó en otro libro: "Era extraordinario que tanto hubiese de terminar por un motivo tan pequeño".

El libro era de Peg. Lazarus comentó que la madre le había dicho que esperase unos años para entender mejor a su autor.

—Sostiene que por ahora no entiendo la ambigüedad. Mamá es demasiado romántica. Creo que de vez en cuando tiene novios. Platónicos o no, no sé. Comprendo la ambigüedad más de lo que ella sospecha.

Para Russ, "tanto" no se acababa. En verdad, nada jamás había comenzado. "Tanto" no estaba afuera, en la historia ocurrida, no se encontraba en besos y abrazos que no se dieron, en manos que no se habían unido, camas y caminatas no compartidas. "Tanto" se encontraba dentro de él, en lo no sucedido. La imaginación de ese *tanto* posible, menos que una sombra, le había hecho retraerse temiendo la desmesura del sentimiento, su propia desmesura. El ahogo, la sofocación.

Si bien, continuaba rumiando, siendo tamañas las diferencias. Es decir -intentaba expresarlo con mayor propiedad- al estar parados ante el mundo de manera harto disímil, con sus formas singulares él y ella de abra-zarlo o condenarlo, el *tan poco* que los unía podía a su vez magnificarse, convertirse en una pared. Un muro de separación inescalable.

Pero no había opción, recelaba, que regresar (¿llegar al *tanto*?), enfrentar la tormenta del corazón y sus mudanzas, su cima y la inexorable transitoriedad del presunto absoluto. Develar por último si triviales, cuán triviales o graves, eran entre los dos las diferencias.

Y esto lo pensó en un par de madrugadas, comiendo naranjas y escribiendo una carta a la chica que no pasó de la primera línea. "Vanessa: quizás se llame amor…" "Vanessa: aunque me disculpo por mi conducta, tu actitud y nuestros desacuerdos…". Con una variación cursi: "Vanessa: el amor es destino; un hermano es una contingencia…"

Cuando se resignó a que ningún mensaje le saldría bien, sacó el cortaplumas y talló en la naranja una cara parecida a la de las calabazas, sonrisas de esqueletos del Gobero. La actividad debió tranquilizarle pues no tardó en dormirse.

(…)

Elsa trajo la noticia junto con la compra de unas violetas africanas, dos aliladas y una rosa. Lloyd Cooke andaba suelto. Libertad condicional. Buena conducta en la cárcel y debido a la edad, muy joven, lo dejaron salir. Eso le dijo Bruno Petrello al comprar las plantas. La policía le había informado para que no anduviese desprevenido. Se acercaba el día de Acción de Gracias y Elsa retribuyó el descuento que Petrello le hizo en las plantas con una receta de budín de choclo que había probado en Washington hacía muchos años.

—Los Cooke tendrán su festejo, Petrello no -sentenció Elsa.

—No todos los Cooke.

—Cierto, me dijiste, la chica odia al hermano.

Desentendida, Elsa le hablaba a las violetas.

—Espero mucho de ustedes, más que del tontuelo de mi nieto. Espero una Navidad florida.

—Las violetas no te abrazan, abuela Elsa -la estrechó y la encontró empequeñecida, enternecida, como si el golpe no hubiese sido en el tobillo sino en la cabeza. La vieja seca, de repente a secas vieja.

—A propósito, esos libros…

—Después de Acción de Gracias, el viernes los devuelvo.

Nessa saldría a comprar regalos ese día en que se compran los regalos de fin de año. No, no era el estilo de Nessa. Pero podría acompañar a la madre o a Dinah. No, no Nessa, aunque quizás...

(...)

La mañana del viernes, soleada a hora temprana, se fue cargando de nubes ovejunas. El tropel se deshizo en un cielo de cal. En una hora el mundo se crispó aterido, el frío azuzó a la vida amodorrada. Un rayo de sol aquí y allá le clavó las espuelas. Y los dos, el frío y los restos de sol, le dieron a Russ la energía que habría estado ausente si aquel día nublado hubiese sido sólo húmedo y untuoso.

Fue a un taller cerca de la autopista para mirar un coche usado, un Dodge del 2003 que podría comprar con sus ahorros más algún regalo que le hiciera Marcia. Ella no se negaría. En observación de motor, cálculos económicos, burló la eternidad de la espera hasta llamar a Nessa.

A la una y media decidió que a eso de las dos. A la una y cuarenta sonó el teléfono y era ella.

Exclamó su nombre creyendo que estaba confundido; la voz de la muchacha se oía vacilante.

—¿Todo bien? -preguntó instintivamente- iba para allá… los libros… ¿todo bien?

—No.

Al abrir la puerta, la mirada sin anteojos se detuvo en el tizne azulino, la marca de los coscorrones con Fito, en el lado izquierdo de la cara.

—¡Oh, espejo! -dijo Nessa.

Ella tenía una herida sangrante en la otra mejilla, la derecha, y sangre en la boca. Se masajeaba la frente, también cerca de la sien; el área enrojecida, en vías de moretón.

No lloraba, pero hablaba sin la impetuosidad habitual, aquella que daba la impresión de mantenerla en pie.

Lloyd le había golpeado. Entró en la casa desafiando la prohibición de los padres, quienes por una vez se habían puesto firmes. No le querían con ellos.

—Yo estaba sola. Dijo que venía para llevarse algunas cosas. Descubrí que no eran todas suyas: se estaba robando la guitarrita, la cajita de música. Es antigua, podrían darle unos cientos de dólares. Tampoco gran cosa. Defendí la estúpida guitarrita. Estúpida, estúpida -repitió acerca de la guitarra o de sí misma.

Una trompada de Lloyd le había herido la boca. El

empujón la hizo caer y él le pateó la cara, los pechos, el brazo; la arrastró, la mano de él una zarpa, tirándole del pelo cerca de la frente. Logró incorporarse, corrió a la cocina. Primero agarró un cuchillito ridículo, sin filo, luego el trinchante -gracias a Dios por el pavo, le dijo a Russ- y alcanzó a abrir el gabinete de las herramientas.

—Con el cuchillo y un martillo gritando como una loca. Lo iba a matar, de veras, él se dio cuenta y se fue. ¡Vaya! -contempló los raspones en el brazo y en el codo- nunca hubiese dicho que Lloyd era capaz de tomar decisiones más sensatas que yo. ¿Hacemos té, café? - hablaba y con el índice recorría el contorno de sus magulladuras.

Con el mismo dedo, tocó la huella de la bronca con Fito. La mano se detuvo en la mejilla de Russ en una caricia quieta.

—Estamos vivos y golpeados, compañero.

Él le enlazó la mano y a su vez inspeccionó el brazo castigado.

—Si fue para convencerme de la conveniencia de enviar criminales a experimentación… - quiso bromear.

Los ojos por un momento cerrados en actitud de perfecta impotencia, ella no replicó, concentrada en frotarse la frente.

—Parece la explosión de una estrella -dijo Russ sosteniendo el brazo con delicadeza, como una pieza de marfil rota. Acercó el machucón a su boca, lo besó con una ternura que a él mismo le desconcertó.

Nessa hizo un sonido sordo, un sollozó abatido. Se inclinó y con torpeza, el labio dolorido, devolvió el beso en el pelo del muchacho.

Él se apartó y la miró como si la viese por primera vez, como cuando la vio por primera vez, incrédulo y maravillado. La misma novedad y el mismo inaudito, recóndito reconocimiento.

La atrajo nuevamente, la besó en los labios. Al acariciarle los senos, Nessa volvió a quejarse.

— Aquí también -dijo, su compostura en recuperación. Se aflojó el sostén que cayó sobre la falda. En el costado de un pecho, otro golpe se derramaba a las costillas.

Russ movió la cabeza.

—Llena de estrellas como en las tiras cómicas -dijo y le besó aquel golpe y el pezón.

Ella le ayudó a sacarse el jersey y le besó como pudo, frunciéndose de dolor. Dijo 'vamos' y caminó delante, desnuda hasta la cintura -una visión con la que el tiempo no podría, solo la muerte: Nessa, los hombros delgados, el pelo lloviéndole bronce sobre la espalda, blanca, erguida, guiándole hacia todos los veranos en el vientre del invierno, bronce ardiente y fuego en la salamandra que habría de encender; Nessa girando para confirmar que él la seguía, ¡y claro, por supuesto que la seguía!

Acababa de nevar cuando se despidió. Había perdido un tren, llegaría tarde al trabajo. No le preocupó. Un principio de viento atizó alguna rama, un micro témpano le rebotó en la frente seguido de una lluvia nívea de meteoritos que repiquetearon en sus hombros. El silencio se ahondó en el planeta blanco. Tanto, que creyó oír su aliento.

Tanto.

Génesis nuevamente.

Camino enterrando a fondo las botas en la nieve, disfrutando el crujido que partía el silencio. Hubo un reinicio de copos. Sus elegantes volteretas dispersas le llevaron a Robin.

Al amigo su ilimitada ignorancia no le había impedido acertar. Robin tenía razón. El cosmos era un salón de baile, en el que los átomos en danza no se pisaban los pies. En principio... Bien por Robin. Sin querer había definido el orden como nadie. Miró hacia la casa, la sombra de Nessa cruzó por la ventana. Ella pensaba diferente, caos desde el comienzo. No la contrariaría. La dejaría en su necedad, gozosa y bella. La dejaría en paz con su creencia.

Dos

Oh, Death, you are the enemy. Oh, life, so you are.
'The waves', Virginia Woolf. *

Mamá siguió de largo. Avanzando, la cabeza gacha, concentrada en el andador, firme en su equívoco. En vez de doblar a la izquierda y tomar el sendero que lleva a la clínica, encaró un trayecto paralelo al edificio, sin ver las luces de la tarde que allí se encendían, luces que prometían la cena y que ella ignoraba.

Había dicho que tenía hambre, que pollo era el plato de esa noche. La clínica olía siempre a caldo de pollo, hecho que no amortiguaba su apetito. "Lo hacen bien", aprobó. Con andador y todo, impaciente, se adelantó un trecho al distraerme yo observando el amarillo de un arbusto de forsitias y dos castañas escondidas bajo el matorral, sobrevivientes del otoño distante. Me llamó la atención que una se hubiese arrepentido, parecía, antes de germinar.

Grité "¡a la izquierda, mamá, a tu izquierda!". Sin éxito. Se impuso su sordera, su media ceguera, el chirrido de las ruedas del andador, quizás su hambre ciega.

Habrá que comprarle otro audífono, pensé. Me apresuré y me planté ante ella. No se dio cuenta, absorbida en el progreso de aquella extensión suya, la criatura cuadrúpeda, metálica y cuadrúpeda.

—Hacia tu izquierda -repetí- te pasaste.

Con su soporte, dio un giro de noventa grados, estrechó los ojos, el útil y el inútil, en ranuras de reconocimiento, y quedó así frente a la clínica.

Con aplomo animal, trapaleó en la dirección correcta.

Ramona, la enfermera favorita de mamá, me advirtió del peligro de que en su media ceguera, Lucky (Ramona llamaba a mamá por su sobrenombre y solo cuando la paciente se ponía obcecada le decía Lucrezia) deambulara por el parque -siempre derecho, su forma de deambular- alcanzara la entrada, se perdiese. Indispensable entonces, previo al audífono, era resolver el asunto de una alarma portátil, insistir en que se la colgase del cuello, que ni ella ni las enfermeras se olvidasen. La lista de necesidades de mamá se hizo larga a partir de la diálisis; interminable, a partir del derrame. Esta última debacle le había dejado la mitad izquierda del cuerpo insensible, el ojo de ese lado ciego.

Costosa mamá. Wences pagaría estas urgencias, fiel a su estilo -mi hermano con estilo- de responsabilizarse vía cuenta bancaria de la señora en quien se sumaban las prolongaciones foráneas. Andador, audífono, tubos para diálisis y otros apéndices para simular el funcionamiento correcto de su cuerpo desvencijado.

—¿Dónde está el tenedor? ¿Dónde está, Emilia?- preguntaba enojada (de veras tenía hambre), sin darse cuenta de que el tenedor, o la cuchara o podía ser el sándwiche, la cosa de turno contra ella conjurada, se hallaba en su mano semi muerta. En el lado nulo de su vida, los objetos igual que los espacios se erigían como trampas, la primera razón de sus barullos.

Encerré su muñeca entre mis dedos, le agité la mano, con ella el tenedor.

—Aquí, mamita, aquí.

Emitió un pffff, mezcla de alegría -¡por fin el pollo!- y bufido de fiasco por su incompetencia.

Siempre a esa hora en el comedor la vida riente ba- rría, tomaba distancia por lo menos, de la enfermedad todopoderosa, el funeral futuro. Ruido, luz, calor en el aire, en las barrigas, fauces viejas triturando aves, manos secas atrapando el pan, el tumulto de platos y bandejas, chanzas, risotadas, las voces altas de las enfermeras y mucamas. Un presente tan doméstico que casi nos convencía de su eternidad.

Después se hacía una sobremesa corta, un último juego de dominó para algunos, una lectura de libros o revistas para otros, media hora de televisión, repeticiones de 'Seinfeld' o 'Everybody Loves Raymond' que los espectadores seguían sin gran atención. Las charlas disminuían, los comentarios se espaciaban. Mamá con otros desertores solía liderar la marcha a los dormitorios.

A diferencia de los corredores luminosos, en las habitaciones los veladores permitían juguetear a las sombras. Era otro buen momento. Ayudaba a mamá a sacarse la dentadura (su perfección dental buceaba en un vaso con agua), la arropaba, conversábamos. Pifias o aciertos de los menús diarios (regresaba el tema culinario), preguntas para el doctor Finke, el médico de mamá, alguna mención de Florida, de su vecina Lorraine, cómo extrañaba esa vida previa, cómo deseaba regresar allí. También pasábamos revista a mis actividades de la semana. Averiguaría por aquella galería en Vancouver, quizás querrían exponer mis pinturas, mi amigo Chad conocía a los dueños.

Mientras hablábamos, yo sostenía su mano alerta entre las mías.

—Llegó la hora, me voy. ¿Estás bien?

—Perfecta -decía benevolente, desdentada, en paz.

—Me siento bien, cuidada, segura, a salvo, y te espero mañana.

Mañana podía convertirse en varios días, apostábamos a la certeza de la continuidad.

Era domingo el de aquel anochecer, el de su desorientación y mi retraso al contemplar las forsitias. La tarde lucía el ánimo entre sereno y expectante de cierre de fin de semana, orilla de un comienzo.

Subí al coche, la mente dispersa en mil cuestiones. La

próxima conversación con Finke: mamá se quejaba de un dolor de espalda, posiblemente necesitaba una radiografía; ¿problema en el pulmón? o, alternativa tranquilizante, reflejo de la acidez de estómago; habría entonces que cambiar de dieta, más puré, menos tomate; y mi reunión con Kidman, el director de la Fundación, que quería jubilarme a toda costa para llevar a cabo su propósito de convertir el mensuario que publicábamos en un boletín de internet; la exhibición colectiva en noviembre cuando todos los artistas abríamos nuestros estudios -sí, faltaba mucho, pero me inquietaba ese año que mi producción fuese raquítica y yo no avizoraba la posibilidad de trabajar más en mi pintura estando tan ocupada. Casi dos meses que me hallaba estacionada en la creación de un cuadro con un hombre que leía en un café, su camisa verde, había decidido aquella tarde, la cambiaría por un amarillo forsitia.

Y Wences que vendría en unos días. ¿Adónde cenar con él y con Damien? El benjamín Damien fácil de satisfacer, cualquier plato sencillo bien hecho, una pizza, lo conformaba. En cambio, Wenceslaus, aquel maestro de los detalles, atizaba mi inseguridad, con su perfeccionismo.

Esa misma tarde, mamá me había dicho que reservase en cualquier restaurante menos en uno italiano, que no los soportaba, pura salsa de tomate mal condimentada. Comprendí que creía que iría con nosotros a la cena, que el desencanto sería grande. Los enfermos y sus lastimosas ilusiones.

Arrumbada en un rincón del pensamiento se hallaba la prioridad enfadosa a discutir con mis hermanos, recurrente en las últimas charlas con Lucky -y mientras conducía, me abrumé pensando cómo planteárselo. En caso de un empeoramiento fatal, legalmente yo era la encargada de aprobar decisiones extremas. A saber, no resucitar, no administrar ningún tratamiento excepto los calmantes para el dolor y llegada la instancia, el comúnmente llamado 'desenchufar'.

La novedad última: Lucky ya no me quería como responsable. En el primer diálogo con mamá, cuando irrumpió la cuestión, adujo que sería un peso muy grande, que ya había hecho demasiado por ella, que era tiempo de delegar algo en esos dos cómodos (los llamaba así, tierna y colérica). Ese algo, por grande, se asemejaba a un castigo, dije. Precisamente, coincidió. Tiró la cabeza atrás, el mentón en alto. Su gesto clásico: desafío, humor, satisfacción, victoria. En seguida se retractó, después de todo eran sus hijos: no, no, es solo un chiste. Ofuscada por el cansancio, le dije que no sabía. Vivo día a día, dije. Lo discutiremos, prometí.

En las conversaciones siguientes no hubo progreso. Le dedicamos unas pocas frases, atemorizada yo, las dos incómodas.

Me hizo dudar, sin embargo. Quizás mamá tenía razón. Había momentos en que me sentía extenuada y tal vez era mejor dejar ese paso final a la lucidez -relativa- de uno de los varones. Apareció además otra duda. ¿Crees que no podría hacerlo?, me molesté. No, bajo ningún aspecto, confío en ti absolutamente, aseguró. Decía la verdad, no me hubiese engañado.

En el remolino de pesares, deliberando sobre estos asuntos, al salir de la clínica para volver a casa, de regreso a Sommerville, me equivoqué de calle. Estaba en arreglo el pavimento, habían puesto una barricada y en vez de ir hacia la derecha y tomar Appleton, fui a la izquierda, a la avenida Park. Cuando me sacudí la distracción, ya estaba muy al norte; intentando reencaminarme, cometí otros errores. Una derecha que me llevó a Hutchinson road y luego una vuelta en U con la que desemboqué en un callejón, parte del campo de golf.

Para circunstancias así, reconozco, es útil el GPS que no poseo. Busqué el mapa de la zona que no pude leer con la luz débil del auto, los anteojos cuyo aumento no bastaba para descifrar las microscópicas letras del plano.

Arranqué deseando que un ser humano se aventurara por el descampado. Y al mismo tiempo, mesmerizada con mi extravío, continué a lo largo del green. En la vereda opuesta las casas miraban impasibles, espaciados sus ojos encendidos. Los árboles que cercaban la cancha me recordaron inesperadamente y sin razón una película francesa, de Chabrol, que vi de joven. La protagonista con su auto bordea un muro interminable que le impide acceder al otro lado o a un lugar distinto; no puede librarse de ese muro de longitud infinita. En el film, la mujer está muerta y no lo sabe.

Retrocedí y retomé Park. Opté por retornar al punto de partida. La clínica. Donde estaba mi madre. El punto de partida.

Desde allí comenzaría de nuevo.

(...)

Dignidad. Si no hubiese dicho dignidad, no me habría costado perdonarle. Habría olvidado. O no sé, la familia insiste en que soy rencorosa.

Aprestándome a llamar a Wences para confirmar su venida, afinar pormenores, la discusión de hacía unos meses todavía me mortificaba. En aquella charla telefónica tiempo atrás (Wences vive en California, mamá y yo en Massachusetts), mi hermano contó de una cena especial que habían tenido él y Cordi, su hermosa mujer, la joven antropóloga.

—Hicimos una comida magnífica celebrando la vida de mamá -se ufanó.

Contó que repitieron ritualmente los platos que mamá preparó un enero en Florida, la última vez que estuvimos los cinco en su casa. En realidad, los seis -le corregí.

Damien fue con su hijo, nuestro sobrino Philip, a quien Wences no le presta mayor atención, no mayor que a una mascota de escaso interés, un canario, un pececito.

—¿Philip? Ah, sí, Philip. Está en las fotos que miramos ayer con Cordelia.

Jamás desciende a llamar Cordi a su mujer, como mamá,

yo, todos, le decimos. Para Wenceslaus, ella es Cordelia, las vocales largas, como si saborease la elegancia del nombre.

—Mamá cocinó esa carne riquísima. Simples y deliciosos, bistec con papas a la crema y tomamos un vino borgoña. Te acordarás, sin duda.

Mamá había manejado varias millas, hasta una carnicería de su confianza que traía los mejores cortes de Arizona. Y las papas, no del supermercado sino de huerto para que fueran gustosas, las eligió bajo inspección diligente.

La satisfacción, que tendría o no algo que ver con el festín, cierta felicidad, una llama aún intensa tras un vidrio empañado, era el sedimento que me quedaba de aquella cena. Veía linda a mamá con un vestido estampado de grandes flores azules, el pelo teñido, rubio miel, que la hacía más joven. Coqueta Lucky, sexual diría; no la versión andrógina en que devino, la identidad de mujer diluida, (el pelo corto cano, los pantalones grises de gimnasia), esa transformación curiosa, propia de las viejas y que ostensiblemente no sufren los hombres. Los machos viejos siguen pareciendo machos.

—No conseguí el mismo vino, un Meursault, pero sí uno de la misma cosecha 2005, un Nuits Saint George. Brindamos por la vida de mamá. Una especie de despedida.

Hubo un silencio. La indignación me enmudeció.

—¿Estás ahí?

—En vez de decretarla muerta, podrías visitarla. Una manera de celebrarle la vida, la que le queda.

Renovación del mutismo. De disgusto, esta vez el suyo.

Luego muy calmo, casi suave, explicó:

—Quiero recordarla saludable. Digna. La enfermedad destruye la dignidad.

Generalizaba, fraseología conveniente, le culpé.

—Es pretencioso -y agregué "es poco" y allí interrumpí.

"Poco inteligente, poco sensible, poco humano": no lo dije. No era exactamente eso y sin embargo…

—Como quieras -se desenredó.

Sentada en el retrete, la cabeza apoyada en mi pecho, exhausta, mamá peleaba la constipación, mientras yo le daba palmaditas de comprensión, igual que a un niño en la pelela al querer hacer caca. Las castañas medio secas del parque, las bolitas oscuras, se asemejaban a la magra producción de su esfuerzo en el baño. Algo es algo, se contentaba manoteando como podía el papel higiénico al finalizar cada ordalía.

Ojos descariñados, ojos forasteros juzgarían la escena en términos de dignidad. Yo lidiaba con las vicisitudes diarias de nuestra enferma mientras Wences levantaba la copa de borgoña y festejaba el recuerdo, todo en el pasado, la muerte atrás o sin ocurrir jamás. Sí, Wences el extranjero. Dije esto en voz alta antes de llamarle, ahora meses después, para saber de su viaje (acusados de frialdad, culpabilizados, los hombres suelen ceder: él mismo propuso la visita a pocas semanas de la discusión). Lo dije en voz alta contemplando la foto de la tortuga del Caribe con colores de papagayo, azul y amarillo, regalo de Chad quien la tomó en una vacación. Le encontré una similitud con mamá, los párpados cargados, el peso del andar trabajoso en la expresión decidida. Wences habría opinado que la comparación era un *cliché*. Tortuga igual a mujer vieja, cuántas veces se ha dicho.

Wences no puede ser, le expliqué a la tortuga. Por razones de dignidad o por razones de estética, rápidamente te enviaría al cadalso. Wences correría a la decisión. Rápidamente al extremo desenchufe.

Hablé con mi hermano. Un diálogo entusiasta, hasta afectuoso. Había hecho la reserva en un hotel de Cambridge; llegaría el jueves muy tarde; no alquilaría auto; no, no quería que lo buscara en el aeropuerto; seguro, se arreglaría, no había necesidad.

—No hay que hacer caso, la vida es así -reflexionó Ramona también meses atrás, después de la discusión, cuando volqué mi furia con Wences en su oído candoroso. Necesitaba hacerlo y ella estaba allí, a mano, sirviéndome una limonada.

—Uno no cambia a los parientes. Con los amigos se puede tener suerte, a veces nos escuchan. Con los parientes no hay que hacer caso -sostuvo y en su estilo caritativo encontró una disculpa al agravio- quizás brindar con la cerveza era su forma de esconder la pena que tiene.

—Vino, un vino borgoña -le corregí sin mala intención.

—Cierto. El vende vino, ¿no?

—Está en ese negocio -resumí.

Explicar "catador" habría sido largo, complejo, y yo lo único que quería era lamentarme un poco más.

(...)

A Damien, en nuestras riñas de gallos Wences y yo le hemos dejado librado a su soledad y a su bondad. A diferencia de nosotros livianamente aviesos, el menor posee un corazón diáfano. Desatento también, hay que decirlo, en su actitud hacia mamá. Una presencia inconstante pese a que vive en Connecticut, a dos horas de Boston. Igual que el otro hermano, prefiere que le comunique por teléfono las novedades en su mayoría malas y/o caras. Como farmacéutico opina con rigor cauto sobre asuntos médicos. Ha sugerido cambios de remedios que en alguna ocasión el doctor Finke consideró oportunos. Por lo demás, sostiene un optimismo pueril, que las predicciones -o la mera acumulación de órganos que se descuajeringan en mamá- no logran voltear.

Mi hermanito… a quien damos por descontado. Farmacéutico ("¡cómo no darle por descontado!", me parece oírle murmurar a Wences), baterista de Blue Scorpions, banda

de rock de fines de semana, desdichado en amores, se casó
tres veces y día por medio está por divorciarse de Marie,
error número tres, padre de Phil; único sobrino con quien
no morirá el apellido Rossi -ocupados en la vistosidad de
nuestras plumas, los mayores no tuvimos hijos. Conciliador,
cuando le comenté mi enojo con el mayor, me recordó que
Wences había salido en mi defensa en el último disgusto
grande con mamá.

—Es cierto. Wenceslaus es el rey de los egocéntricos,
pero demostró cariño al mediar entre ustedes, cuando Lucky se resintió, después de leer la nota que te hicieron en la
apertura de la exhibición colectiva. Qué ocurrencia, mujer,
decir que te pesaba ir todos los veranos a Florida para estar
al lado de tu madre vieja. Qué ocurrencia, si por supuesto
mamá leería el artículo.

Innegable: Wences desplegó *savoir faire* en la crisis.
Calmó el desencanto de mamá, no sé si el dolor. Desencanto,
pena, luego la indignación y por último el cierre de silencio,
así fue la secuencia.

Un grupo de artistas decidimos hacer una muestra
con obras en torno a los padres ancianos. Exhibir (qué
palabra) instancias, matices de esa relación. En síntesis, un
despliegue de ambivalencias hacia ese fardo entrañable.
Ese fardo agorero también: nuestra propia vejez, la muerte,
nuestro eclipse en ellos reflejado, los espejos.

Tina Paules, la documentalista que vive en el apartamento
frente al mío, contribuyó con una serie de fotos. La sombra
del padre derramada en la mesa y su mano, los dedos
mordiendo el borde de aquel mueble en el supuesto intento
de no perder el equilibrio. La última toma era la cara del
padre; pelado, cejas blancas, ojos cerrados, sonriente. Tina
me dijo que salvo el problema del equilibrio el viejo estaba
bien, que le había perdonado el alcoholismo con el que le
arruinó la niñez.

Hubo videos, instalaciones que ya no recuerdo, pinturas pocas. Una pintura grande de Barbara Rappaport, casi
ocupada por el color rojo y en un costado la madre de perfil.
¿O era el padre? Barbara es calculadora. Pensé que si no

lograba vender el cuadro, serrucharía a la madre, el padre, quien fuese aquella figura desvalida, para intentar vender el rojo Rotkho a un banco o a una compañía de bienes raíces.

Mi cuadro también era grande. En trajes de baño amarillo y marrón, mamá y yo sentadas en la playa de Fort Lauderdale, perdidas ambas en nuestros pensamientos, las miradas vacías. Si me hubieran pedido una palabra para describirnos, habría dicho: resignación en ella, tedio en mí.

El show obtuvo una repercusión inusual. Un tema que resonaba en la audiencia, lo definió Lou Santana, el director del programa para la televisión pública. Allí dije en forma extensa lo que se sintetizó en la nota del suplemento cultural del Boston Globe.

"Sí, era magnífico que mamá hubiese llegado a los ochenta y tantos con buena salud (en ese entonces)"

"Sí, magnífico disfrutar de su presencia."

"Sí, pero -nadie quiere oír los peros."

"Sí, me pesaba la rutina de ir cada bendito verano a Florida para estar con ella."

"Sí, posponía deseos míos. Ir a Italia, por ejemplo, caminar por mi amada Roma. O visitar amigos en Nueva York o a Manohla, mi mejor amiga, en San José. Debido a la cita con mamá, nunca llegaba la oportunidad."

"Sí, innegable, a veces una carga."

Lucky me pidió que le enviara el artículo. Advertí: digo cosas que posiblemente no te gusten. Eufórica, no atendió al comentario. Quería mostrárselo a las chicas, dijo. Las chicas era Lorraine, Tati, Olga, Pola; edad promedio, setenta y cinco. Se encontraban a chacotear y chapalear por las mañanas en la piscina del complejo donde las cinco vivían.

Mamá concitaba la admiración de las otras. La única con hija artista. Exclamaciones, ah, oh, ¡fabuloso!, ¡vaya!, de gente que no sabe qué decir, mas se obstina en quedar bien. Para la creadora de la creadora, esa era una instancia de satisfacción estelar.

Lo llamó a Wences llorando -por fortuna, había leído la nota antes de bajar a reunirse con las sirenas geriátricas. El asombro de las señoras habría sido mayor que el que provocaba haber parido una pintora. Luego me tocó el turno, me llamó: ¿por qué?, ¿cómo podía?, ¿era eso lo que sentía?, ¿una carga, un peso?

Wences emprendió la defensa de la hija réproba. Palabras mullidas, justificaciones en torno a mi condición de mujer sola. La deficiencia, se entiende (él entendía, ella entendería) de una vida yerma. Que mi cariño por ella era enorme, indiscutible. Que había que entender que hacerle compañía cada verano, una cuota de sacrificio demandaba.

De llorarle a Wences, luego a mí, pasó a la ira.

—No te confundas, tu visita no ha sido ni es necesaria. Me arreglaré como lo hago los otros once meses del año.

Empleó un tono filoso, la voz curiosamente límpida, lanzando saetas, parecía, en el aire claro. Jamás le había oído esa voz de pronto joven, ni en nuestra peor temporada, cuando combatió mi casamiento con Yves. Le pedí que me dejara explicar, aunque no sabía bien qué, reclamé una conversación que me permitiera defenderme.

"Cuando se me pase", dijo para sí la voz vieja reanudada.

Sin lograr respuesta, los días subsiguientes dejé la clave para el armisticio. Debemos hablarlo. Hablarlo hablarlo hablarlo hablarlo.

—No -dijo al cabo de una semana de férreo mutismo- no quiero volver jamás a hablar del asunto. Jamás.

A pie juntillas cumplió su voluntad.

(...)

Ramona me contó que mamá había pasado una mala noche. Estaba resfriada y tosía. Al cansarse se le profundizaban las arrugas, como surcos de una tierra abusada. No quiso ir al baño y no importaba, aclaró, pues el día anterior casi no había comido. Pidió que le pusiera unos ruleros.

—Mañana me sentiré mejor y espero verme mejor.

Mientras yo trataba de encontrar los ruleros que Ramona, su última peluquera, había guardado en un caja de zapatos, mamá se adormeció. Emitió un ronquido silbado, similar a un estertor. Me inmovilicé, las manos cargadas con los rolos, de golpe estúpidamente inquieta. Salió al instante de una pesadilla breve y brutal y no me vio por hallarme en el lado inoperante de su vida. Pronunció mi nombre en un gemido.

—Creí que te habías ido.

—Estaba aquí, a la izquierda.

—Ah, en mi zona errónea.

—¿Ruleros? -ofrecí, ahora en su ángulo de visión, moviendo los dedos, cada uno en un tubo.

—Sí. Soñé algo desagradable que no recuerdo. Tuve miedo.

Maniobré los mechones; por orden de ella me esmeré con los que rodeaban la cara. La parte posterior no importa, indicó, la almohada achata el peinado de todas formas.

Tenía el mismo pelo fino, de otrora, un plumón grato al tacto. Un solo claro, no muy pronunciado, que se disimulaba según se dividiera la melena.

—Un claro y un remolino -dijo- tú heredaste el remolino mío y el cabello grueso de papá. En cambio, Damien, pobre, en un año se ha quedado casi pelado.

—Sigue siendo guapo.

Le alcancé el espejo. A pesar del malestar arrastrado desde la vigilia, se incorporó, escudriñó su imagen ávidamente. Corrigió imperfecciones: ajustó el rulero al tope de la frente, disciplinó una hebra que bailaba suelta.

Luego pidió agua, un caramelo de miel, preguntó cuándo sería mi conversación con el director Kidman. El jueves o el martes siguiente; dependía de la actividad de Frances, mi jefa directa. Kidman requería su presencia a modo de parapeto y proveedora de excusas para pedirme la renuncia. Yo sospechaba una conspiración.

Ojalá saliera de la incertidumbre esa misma semana, me deseó. La irresolución perturba, observó.

Después del caramelo, vino una galleta. Sacudió las migas que se desperdigaban en el borde de la sábana, algunas salpicando el mentón, el acordeón del cuello. Cayeron y ensuciaron las baldosas. Una dejadez inconcebible, ejemplo como ella había sido de la prolijidad atribuida a las familias italianas.

Asomó de nuevo su fatiga; cerró los ojos, no abandonó la charla. Frances no era malévola, opinó. En una oportunidad cenamos las tres en mi apartamento y la había visto otra vez en una de las muestras colectivas a fines de noviembre.

Coincidí: era una mujer cansada, sola, divorciada, con responsabilidades. En su caso, el padre.

—También el padre -mamá abrió los ojos. La enumeración de tribulaciones nos hermanaba con Frances.

—Quiere salvar su puesto, aunque ruede mi cabeza. Es lógico, no la juzgo. No la juzgo demasiado.

Que encendiera y pusiese bajo la radio, solicitó -amaba la compañía de la radio. La estación de música clásica estaba bien, se avino indiferente. Le gustaba la opera, por supuesto, y los cantantes populares de su época. Bennett, Boone, el amado Frankie sobre todo.

Pasaban "Granada", la pieza para guitarra de Albeniz. Aprobó con un "bonito" la melodía cortés. En las noches, escuchaba las entrevistas de NPR, la emisora pública, y solíamos comentarlas. Me preguntó si había escuchado la del sábado último, un reportaje a la banda "Dos", un dúo punk-rock, que se llamaba así, *Dos* en español.

Sí, y me habían gustado, trataría de conseguir sus álbumes.

—Al hablar de Frances, recordé un comentario que hizo uno de sus miembros.

—¿Cuál?

—La mujer, Roesser era el nombre (Roessler, le corregí), algo parecido, dijo que componen por consenso, pues si no hay acuerdo, como no existe un tercero que desempate, uno de los dos ganaría, dominaría. Entonces existe un equilibrio delicado, un dilema. Llamó dilema a la búsqueda de unanimidad.

Irrescatable mi caso entonces. No habría convenio, Frances -o Kidman- vencería, restaba mi capitulación.

Wenceslaus definía a mamá como una optimista histórica. Con los años, para acallar los desasosiegos propios de la edad, el optimismo se le había agudizado. Podía ser exasperante cuando uno no quería el sonsonete esperanzado sino contemplar con ella, con alguien íntimo, la cara desolada de lo irreparable.

Me sorprendió que no me contradijera. Su gorjeo positivo acallado. Una única expresión de aliento insinuada (consenso posible entre las partes, entre Frances y yo), y luego, sin decirlo, un reconocimiento sobrio, de acuerdo conmigo.

Unanimidad. Consenso.

—¿Pensaste? -no necesitó completar la pregunta, yo sabía de qué se trataba. La discusión inconclusa, la decisión extrema.

—Pensé que Wences no sería un buen reemplazo. No tengo ganas de hablar del tema.

No hizo comentario alguno. Tampoco me miró, ensimismada.

Sentía frío. Le puse una frazada, que tuve que pedir a la enfermera Tarkan, sobre la manta de hilo rosa.

Los enfermos de riñón somos friolentos -le explicó a la enfermera Tarkan, a quien mamá no estimaba porque le decía demasiado 'amor', 'tesorito' y una vez, ¡horror!, 'abue'.

Le acaricié la frente. Ella aflautó los labios en un beso al aire.

—Una vez dijiste que si la reencarnación era cierta, deseabas volver como cantante de rock. ¿Todavía deseas lo mismo?

—Buena memoria -elogié; de hecho, yo me había olvidado.

Mamá no era religiosa, tampoco agnóstica. Indiferente, en realidad. Se encogía de hombros ante las conjeturas metafísicas y yo no había intentado convertirla a mi menú de creencias, a mi fe a la carta. Con mucho del blablablá de la época: el universo, la energía, la meditación, más dosis, frases aquí y allá, de budismo, cristianismo, judaísmo, y no olvidar el Tao.

—Me agarraste -dudé- insistiría con la pintura, creo, a ver si en una segunda vuelta logro fama. Pero lo de rockero todavía me atrae. Hombre -precisé- rockero hombre para ser adorado por una multitud de jovencitas adolescentes, como yo he adorado a Bruce Springsteen. Debe ser una sensación de poder grandiosa.

Aguardé que dijera, evité preguntarle: ¿cómo le gustaría volver, en qué destino?

—También me gustaría criar chimpancés -agregué- estudiarlos, en realidad, a la Jane Goodall.

—Hum, demasiado calor en África y hay mosquitos.

—Hay de todo.

—Por eso. En cambio si eres rockero, yo podría ser tu baterista.

—¿Y otra cosa? -me animé con menos temor a que en la charla nos empantanásemos en la muerte.

—No se me ocurre. Quizás, la misma vida, pulida, editada. Se me borraron los deseos de joven, de niña. Creo que quería ser química o alquimista o astróloga -sonrió- es una dificultad el no poder pensar una actividad para mí. No querría nada que me alejara de volver a estar con ustedes.

Le prometí que le traería el contrato de baterista.

—Lo que quiero que traigas es el nombre del restaurante para ir con Wences y Demian. Falta poco.

—Sí, no me he ocupado. Seguro que Wences tendrá alguna sugerencia -me apuré a reunir mis pertenencias, mi bolso y otro más con libros y carpetas, el diario que ofrecí dejarle. Lo aceptó con un movimiento de cabeza.

—Comida de Cambodia. En "The Elephant Walk" en Cambridge. Me encantaría ir de nuevo. Estuve pensando en el restaurante "Dalí". Ya sé, es muy ruidoso, se habla allí a los gritos o no se habla en absoluto.

Igual que en las películas, cuando el protagonista se pone nervioso, se me cayeron unas hojas con un artículo de uno de los becarios de la Fundación. No todas, solo dos. Pisé una, en el prolijo tipeado quedó la huella del zapato.

—Te contesto pronto, mami.

Dejé entornada la puerta.

—Yo voy, ¿no es cierto? -alcancé a oír.

(…)

No soy hábil mintiendo. Esta incapacidad para el engaño me hace sentir que voy desnuda por la vida. Los otros protegidos en suntuosas mentiras, yo en cueros, aterida. En mi período atiborrado, lo llamo así, veinticinco años atrás, dibujos recargados, pinceladas pastosas, hice una carbonilla de una fiesta de disfraces. Gitanas, trovadores, astronautas, previsibles arlequines, Cleopatras y Helenas de Troya, cazadores robinhoodianos, esa multitud en observación reprobatoria, atónita ante la mujer desnuda… yo, mi autorretrato. Ramona y la enfermera Tarkan conversaban en el hall principal. Las abordé en busca de un desahogo, como hice con la hispana cuando me enojé con Wences. Dejar a mamá con su pregunta en el aire, me había abrumado hasta experimentar el mordisco reconocible de la angustia, una opresión en el pecho, en la boca del estómago. Les expliqué a las mujeres que no sabía mentir y empecé a contarles lo de la carbonilla de la joven Emilia y me interrumpí al notar las miradas de incomprensión empática (la hija dolida de una enferma, pero ¿qué era eso de que se había dibujado desnuda en una fiesta?). Reemplacé entonces las palabras por el llanto. La conmiseración creció. Tenka me alcanzó un vaso de agua y Ramona caminó conmigo todo el trecho del parque. Propuso ir preparando a mamá para la desilusión.

Introduciría la duda con una referencia al doctor Finke, que su autorización no estaba asegurada, eso le diría. Haría ese comentario al pasar y con delicadeza. "Suave, suave", dijo en su español centroamericano.

Le agradecí todavía con algún sollozo. De ligero hartazgo esta vez por los engaños y subterfugios, las mentiras blancas, las omisiones, esa danza piadosa en torno a la cama del enfermo, extenuante como la obligación de atenderle. La obligación del embuste.

Hacía calor en la mañana de mayo. Un aliento de niebla vagaba por el parque; ahogado en las nubes el sol se deshacía. Ramona arrancó para mí un tulipán rojo, de los que flanqueaban el sendero, y me arrancó la promesa de que un día le pintaría una acuarela con motivo florales. "Colores lavanda y lila y algo rosado, mis favoritos", instruyó.

Nos cruzamos con Bettina Vail y sus dos hijos, un adolescente pesado con ojos demasiado juntos y una nena rubia de unos tres años. Una hija tardía -Bettina debía rozar los cincuenta- como un pensamiento de último momento, apurado, de despedida a la fertilidad. A diferencia de su hermano, la niña era bonita, tez aduraznada, ondas de oro apagado cayendo sobre la frente, caminaba amarrada al pantalón tostado de la madre, protestando, tropezándose.

Bettina Vail visitaba periódicamente a su padrastro. Conversamos en un par de oportunidades y descubrimos conocidos en común. Tenía un hermano fotógrafo bastante exitoso, Farley, cuyo trabajo había visto y no me gustaba si bien le reconocía mérito. Al encontrarnos, nos detuvimos a intercambiar saludos y el parte informativo mínimo sobre los respectivos parientes viejos. Estable el nivel de azúcar del padrastro diabético pero estaba muy muy confundido en la última semana, los diez días últimos. Mamá seguía igual, comenté yo.

Bettina me encontró muy pálida. Rojiza toda ella, pelo y piel, la cara redonda, ojos largos, azulinos, pestañas claras, en su proximidad, por comparación, se empalidecía fácilmente. Sonreí decidida a no explicar. Las emociones, sugirió Ramona. Siempre hay algo, dije yo, deseosa de que esa vaguedad bastara. Satisfizo: siempre hay algo, confirmó Bettina en un eco. Uno de estos días tomaríamos un café -invitó- fuera de la clínica, claro, revoleó los ojos.

La señora Vail me admiraba -secreteó Ramona, quien había decidido verme subir al auto reconfortada. Le había dicho que le agradaba observar la relación entre mamá y yo, tan estrecha, tan compenetrada. Bettina con su madre, no había tenido nada parecido, cuchicheó Ramona pese a que yo era la única oyente. Yo y los árboles, los pájaros, el tulipán en mi mano.

Bettina llamó esa misma noche. No lo hizo para concretar lo del café. Tampoco mencionó a Ramona, auto investida en mi ángel de la guarda, quien podría haberle sugerido -desconfié -que acelerase el llamado. El padrastro, contó Bettina, un anciano de estatura diminuta con una inseparable gorra gris y gafas con vidrios gruesos, detrás de las cuales era difícil encontrar los ojos, había estado excitado, agitación *in crescendo* en las últimas 48 horas. Me causó gracia la mención de horas y no días. Los parientes de enfermos copiamos los tics coloquiales de los médicos. "Si en las próximas, si en las últimas veinticuatro, cuarenta y ocho horas… el paciente no muestra signos de…" El tiempo en horas, peculiaridad de doctores y de periodistas televisivos.

D'Urbino era el doctor del señor Thurston. De la vieja escuela, dado a medicar fuerte. El joven Finke, en cambio, recetaba dosis bajas y cuando se podía evitar, no recetaba nada. Ambos contaban con admiradores y detractores entre las familias de los pacientes. Debido a la crisis reciente, D'Urbino le recetó al padrastro el mismo calmante que mamá tomó los días que siguieron al derrame. Eficaz: Lucky logró dormir, dejó de hamacarse rítmica, furiosamente, en la cama con barrotes donde la habían confinado para que no se cayera. Cesó el movimiento incansable, ese intento sin fin de levantarse, de salir de sí misma, yo pensaba -sacaron los barrotes. El calmante acarreó secuelas. La boca seca, vista empañada en el ojo bueno, naúsea que le duró semanas.

El viejito sufría una variedad de despropósitos intestinales que, aclaró la hijastra para mi sosiego, ella no enumeraría, y que podrían exacerbarse con el tranquilizante. Al mismo tiempo entendía que a mamá le había dado resultado. En suma, no sabía qué hacer, si darle o no el calmante.

Sugerí el recurso obvio de una segunda opinión. Aunque ya le habían dado otros nombres, aporté el de Alina Dizik, una neuróloga de Harvard Medical School que trató el problema de equilibrio y los mareos de papá. Tomó nota y comentó que para colmo el padrastro había perdido su gorra gris multiuso. Pijama y gorra gris, así se iba el señor Thurston a la cama. Ahora hablaba sin parar, lloraba sin parar, una pesadilla, suspiró. Reconocí el suspiro, semejante a los que yo daba al nadar en ese mar de costa esquiva.

Le dije que me llamaba la atención que lo llamara padrastro. ¿Por qué no papá, ya que le aprecias tanto?

—Es verdad, le quiero mucho. Extraño, ¿no?

—¿Lealtad a tu verdadero padre? ¿Una manera de castigar a tu madre?

Avancé en un terreno en el que no debía incursionar. Por vanidad mezquina. Quería que repitiese el elogio que le había hecho a Ramona de mamá y de mí. Un placer pequeño, un bálsamo después de tamaño sacrificio.

—En mi familia las relaciones son distantes. A mamá la llamé mamá con esfuerzo. Papá murió antes de que yo naciera. Sí, Edgar, mi padrastro, me dio cierta ternura... Sin embargo, le puntualizó al mundo que nuestro parentesco no es de sangre.

Se calló, suspiró de nuevo, luego dijo: quizás me parezco a mi madre más de lo que estoy dispuesta a aceptar. Y arribó por fin al aguardado elogio, la esperada confesión de admiración. Le agradaba observarnos, la devoción mutua -enfatizó- una para la otra, se notaba.

Le habían dicho que las familias italianas son unidísimas y que nadie quiere abandonar el nido. ¿Era así? No me había casado, ¿cierto?

Resentí la invitación a recitar mi biografía. A rega-
ñadientes contesté que me había divorciado.

Brindó una interpretación que resultó un desaire.

—La pregunta, el misterio en estas situaciones ideales
de amor, en estas familias tan amantes, es si los hijos alguna
vez pueden abandonar semejante nido confortable para
crecer, para ser adultos. En general, he visto que no. Bueno,
me pasa lo que a muchos, se añora lo que no se tiene. Nadie
está contento con su suerte.

(...)

Cubrí de amarillo una de las mangas del hombre que
lee en el café. No tanto por convicción sino para hacer una
actividad que atenuara mi fastidio con la mujer Vail. Objeté
sus palabras, le di la razón a medias.

En la década del setenta, recién divulgada la jerga que
predicaba el "crecimiento" (la nueva visión no era todavía
una obviedad), con veinte años cumplidos abandoné el
"refugio" -el escuadrón de los "Normales" habría aplaudido
acompañado por una salva de sus paramilitares, los psicó-
logos. Pero no pensé que "crecía" cuando me enamoré de
Yves; ni que crecía al casarme con él, aquel músico negro
de cuerpo generoso, risa generosa; tampoco creí que crecía,
no se me ocurrió, desafiando a mamá -"no me hagas esto,
Emilia"- quien pese a su retórica liberal condenó la unión
-de lejos Lucky había apoyado desegregación, protestas,
marchas en las que nunca marchó.

Por la piel de Yves, pinceladas sediciosas, vio desba-
ratarse su mundo de color uniforme (a su vez, papá fruncía

el ceño, luego me secundaba, mudo y leal hacia mí, así mi boda hubiese sido con Nelson Mandela en la prisión). Y no pensé que crecía, ciertamente que no, cuando con Yves llegamos al final del camino, diez años en total, cuando me aseguró que me amaba y que de ahí en más seguiría solo; cuando me obligué a entender, sinónimo falaz de la resignación, sin comprender.

A nada de esto lo llamé crecer. Pasaba simplemente. Primera juventud, gran parte de la juventud: la naturaleza en flor, su curso dócil y a la vez imperativo. Luego viene la edad de llenar los espacios blancos con verbos de justificación, definiciones de uno mismo que son referencias a límites y obstáculos. Lo irrealizado, lo irredimible. Época en la que cuaja (aprendí a tolerarlo) el término "crecer". Se necesita una palabra para contener lo que ahora es poco espontáneo, tortuoso, demasiado esfuerzo. El triunfo, cada triunfo, sobre el lado deficiente de quienes somos se llama crecer.

Amé a mis padres, no me avergüenzo de ellos. No eran los intelectuales progresistas de la película *¿Sabes quién viene a cenar?*, aquellos de las desenvueltas declaraciones y el choque con la realidad que era mejor imaginar, proclamar, pero jamás vivir. En la pareja del cine, debían triunfar las convicciones. Una obra moral: Hepburn y Tracy se rinden al negro Poitier, firman la paz con la asediada hija.

No fue este el caso de mamá con Yves. Lucky batalló en contra del noviazgo, repudió la culminación en boda. Anunció que no iría al casamiento; papá en cambio dijo que sí, su hija era su hija en cualquier caso, con marido retinto, con nietos a cuadritos inclusive.

Nuevamente Wenceslaus (¿soy acaso su deudora después de todo?) argumentó, convenció. Mamá fue a la boda, abrazó a Yves.

Empeño enorme para que concluyera en ruptura: "Ahora que aprendí a quererle, ¿me dices que se separan?" Agradecí la tristeza de mamá; que esta no significara una revancha, la confirmación de su prejuicio. Por genuina, agradecí la aflicción.

Yves no se fue con otra ni con otro. Años más tarde,

se uniría a una mujer. Agradable, una contadora, no hay mucho para agregar. Yves jamás validado por los suyos (historia opuesta a la mía), siendo el desamor de sus padres un hábito, no pudo con nuestro cariño. Tampoco con los proyectos que le eran entrañables: luego de nuestra separación, dejó la música.

A diferencia de Yves y su desafinada familia, hubo en casa respaldo a nuestras metas -excluyendo elecciones raciales inusuales de índole romántica, se entiende. Ponderando alternativas de éxito o fracaso, riesgos probables cualquiera fuese el plan (de lo sublime a lo ridículo: Damien estudiando un año en Florencia para convertirse en el escultor que en definitiva no llegó a ser; y también Damien aprendiendo a hornear pasteles con la cara de Mickey Mouse para venderlos en un servicio de repostería con Marlene, novia de la adolescencia) papá nos diría, me diría: "si todo sale mal, si lo peor ocurre, puedes volver a casa".

Después de Yves, simbólicamente retorné a casa. Nunca más me marché.

Me dolía la cabeza, dejé el pincel. Embadurnada de amarillo una manga, la otra aún verde, la cara del hombre en mi cuadro se volvía cenicienta, consumida. No pude ofrecerle a mi obra la mirada acrítica con la que mis padres me habían protegido. Descontenta, le vi más de un defecto. Sin embargo, tal vez la comprarían en la muestra de noviembre, quizás se marcharía. Para bien de los dos. Una separación que no me atormentaba.

(...)

—Está enojada conmigo. Apenas me habla, nada, nada, un témpano, un mismísimo témpano. ¡Brrrrr!

Ramona sonreía disculpando a mamá. La había preparado para la decepción. Por desborde del despecho, por haberse inmiscuido, la enferma se encolerizó con la enfermera.

Caminó conmigo hasta la habitación, no entró se asomó, dijo ¿cómo vamos, Lucky?

No le contestaron. Ramona me dijo 'es así' con la mirada y un encogerse de hombros resignado. Brrrr, repitió y se fue.

Mamá estaba desnuda en la cama. Una chica rubia, pequeña, atlética, manos fuertes de obrera que discrepaban con su aspecto de muñeca, se encargaba de higienizarla. Mamá saludó, hola, secamente. Presentó a Judi: "es nueva aquí, hace las cosas bien", evaluó, no alabó.

La ira se ve grotesca en un cuerpo desnudo. Salvo en el caso de los demonios en grabados medievales o renacentistas, diablos en cueros, flacos y rabiosos, provocando a un santo, batallando a un ángel, para concitar respeto la ira debe andar vestida por el mundo. Si no, burla sádica, la rabia enfatiza la indefensión del cuerpo pelado.

Mamá, el vientre y su ligera prominencia, la arrugada blancura de muslos y brazos, el pubis con una pelusa rala, evocaba (mayúscula obviedad) un óleo de Lucien Freud. Un poco tétrica, en absoluto semejante a la encantadora anciana *au naturel* del autorretrato de Alice Neel.

Judi la hizo incorporarse, la atavió con un camisón celeste salpicado de flores rosas, un camisón de niña, la perfumó con agua de colonia, un perfume indefinible que se evaporó al instante.

Damien había llamado y luego Wences. Dijeron que llegarían a la clínica a horas distintas, aunque también dijeron que desde allí saldrían hacia el restaurante.

—Se encuentran entonces aquí -Lucky intentó un tono casual que le fracasó de inmediato.

No, yo no podía esa tarde, una reunión con Kidman, expliqué. Bendije por una vez la cara inexpresiva del director que me servía de salvoconducto, me rescataba de aquel encuentro en la habitación, de dejarla triste, el ojo bueno mirando el techo, horadándolo.

—¿Importante?

—No estoy segura. No creo que tenga que ver con mi caso. El motivo es el temario de la próxima revista, los artículos que vamos a pedir, los periodistas que escribirán. En principio, es una convocatoria rutinaria. Frances, Kidman y yo, como hacemos cada dos meses. Claro que nunca se sabe con lo que puede salir Kidman.

—Tampoco Frances.

Diciendo esto Lucky rompía con su propuesta anterior, la de que mi jefa y yo podríamos poner en práctica la teoría de Dos. No habría consenso entonces, alguien prevalecería. Y aún peor, quizás alguien mentiría- como yo a Lucky; mis evasivas acerca del restaurante, una mentira.

Ya no demoró el reproche:

—Deberías haberme dicho… desde el principio… así yo no…

—Es difícil, mamá. No quería desanimarte.

Hubo unas lágrimas, tres, cuatro, no sé, pocas. Con la mano buena, enjugó la humedad del ojo bueno.

Pensé en acariciarle, la frente, la mejilla. Por respeto a su congoja, no lo hice, suspendí la caricia.

—Querría que se pusieran un momento en mi lugar. Esto es tierra de nadie, no estoy muerta y lo estoy. Y no quiero que te encargues porque si yo decido, si yo pido que me dejen -no pronunció morir- sería cargarte con algo… demasiado…

Tomé su mano nula para persuadirme de una vez por todas de que mamá se hallaba en una franja impiadosa, entre aquí y la nada o lo que fuera que fuese 'allá'. Como su cuerpo, vivo y muerto, dividido.

En perspectiva, creo que hice bien en no dar otra vuelta, en no esconderme detrás de una nueva vaguedad.

—Yo seguiré siendo quien tome las decisiones y cuando quieras que esto se acabe, veremos cómo encontrar una manera. No sé quién nos ayudará. Finke, Ramona, no sé. En cualquier caso, encontraremos un camino.

Ahora sí me miraba con amor, melancolía, gratitud. Igual vacilaba:

—Si te sientes fuerte…

—Si me tienes fe -a pesar de esta *gaffe* con el restaurante, pensé- Wences también podría, tiene una cuestión grande con la dignidad, etcétera, pero yo no quiero.

—Hay tiempo para que lo sigas meditando. Me siento aburrida, no inminente. Damien es farmacéutico.

—Líos legales -me sonreí a pesar de la falta de ganas. Ella también.

—Sí, podría provocarle líos legales.

Levanté la cabecera de la cama, bebió jugo de arándano en su vaso con pico. Chupó ávida.

—¿Te hago mínimamente feliz al estar de acuerdo?

Tosió, pidió más jugo, sorbió dos tragos.

—Feliz, sí, feliz; qué palabrita -suspiró- ¿A qué restaurante van finalmente? No, mejor no me lo digas. Me lo cuentan después, como cuando eran chicos y me divertían con las historias que traían al volver de las fiestas.

Antes de irme pidió que abriera la ventana y cerrara la puerta. Se negó a oler la sempiterna fragancia, el vaho a consomé de hospital.

(...)

Wenceslaus nos entretuvo haciéndole bromas a Damien sobre sus artes de seductor. Según el mayor, Judi, la enfermera niña, se había embelesado con el menor.

—Tendrías que haber visto a la enfermerita. Le hablaba solo a él; de mi presencia, ni se enteró. Dijo que se parecía a un primo. ¡Atención, nada de tío, un primo!, un coetáneo que a su vez se parecía al actor mexicano, ¿cómo se llama?, Bernal, García Bernal. La mataste, varón, con esa facha de rockero añoso te la pusiste en el bolsillo.

Wences intimidaba, se defendió Demian. Tan alto, tan delgado, bronceado, con ese ascot aristocrático al cuello.

—¡Y tan viejo! Buscaré otro atuendo para que alguna niña me lance una ojeada piadosa, ya que salaz se vuelve demasiado pedir. Algo *décontracté*, camisas fuera del pantalón y por supuesto, un sombrerito fedora quita años.

—Menos náutico. Menos *estoy listo para subir al yacht y comenzar la regata* -aconsejó Damien.

—Que ande descalzo -indiqué- a las mujeres de toda edad, nos gustan los hombres en jeans y descalzos.

Efervescente, Wences aprobó la sugerencia.

Con rudeza cancelada antes de ser brutal, mis hermanos se mofaban entre ellos, reemplazo de los golpes que se daban de niños en los que asestaban rivalidad, celos, competencia leal, también desleal, aquella mirada al otro en la que veían una imagen más fuerte o viril -o más *décontracté*- en cualquier caso *más*, y el resentimiento por no conquistar la perfección supuesta. Envuelto esto en inevitable amor, en tirria inescapable.

Escogimos un restaurante de menú ecléctico en Porter Square. Lomo de cerdo para Wences, risotto con hongos, para Damien, tilapia con una salsa de crema y coco para mí, una botella de un buen rosé. Nuestra mesa estaba al lado del ventanal, en un espacio protegido del alboroto de viernes en la noche, alejado de las muchachas rientes que mis hermanos soñaban cautivar y de los hombres jóvenes que las cautivaban sin obligación de descalzarse.

Olían bien mis hermanos, a jabón, a colonia, a almidón en camisas recién puestas, estrenadas. Hombres prolijos, racionalidad apolínea. Recordé a Yves, otro impecable -ahora Wences y Damien conversaban de un escándalo en Wall Street, yo les escuchaba sin intervenir, conocía de refilón el caso. Demasiado tiempo que la familiaridad con los hombres me eludía, respiré entonces con fruición la comodidad amplia, la seguridad que impartían mis varones. Me contenté esa noche con el rol secundario. Los hombres en el centro, opinando, debatiendo, entendiéndose; la hermana a un costado, en paz y defendida -o con la ilusión de estarlo.

Hablamos de mamá (y todavía repiqueteaba la charla de la tarde, todavía deseaba que uno de los dos me socorriese, que si no era Wences -y yo no quería que fuera Wences- entonces quizás Damien... pero habíamos dicho de no comprometerle...) Hablamos de mamá con ligereza, la liviandad de las anécdotas, los caprichos y las ocurrencias de la señora. Contribuí con historias de aquel último tiempo. Wences y Damien rememoraron rasgos del carácter de Lucky, aquellos que el avatar físico no consiguió abismar. En el entusiasmo de compartir a mamá y recuperarla sana o casi sana en esos cuentos, olvidé los reproches que ambos se merecían. Olvidé la letanía de quejas compuesta en soledad. Un ejercicio inútil hubiese sido, aún los puedo imaginar con las bocas abiertas y los tenedores a medio camino, sin saber qué decir, buscando qué decir ya que no harían nada. Era el orden del mundo, es el orden del mundo: los hombres al costado, las mujeres al centro cuando se trata de atender al enfermo. Como dije, archivé los reproches. Las memorias familiares y observar nuestras manos me dio placer igual -nada nos hace más hermanos que las manos largas, huesudas que tenemos los tres.

Alternada, salpicadamente se charló del avance (lento) de la tesis de Cordelia -siete años investigando las misiones jesuíticas en baja California, las entrevistas a los descendientes de evangelizados -necesitamos el dinero que traerá el doctorado, reconoció Wences-; de la falla del acelerador en los autos Toyota -un tío de Ariel Kamminer, amigo de Damien, aceleró fatalmente; y retornó el tema del fenomenal fraude financiero y (no relacionado) las pérdidas de unas pocas inversiones de Damien en la bolsa.

—Moraleja: no meterse en lo que uno no entiende -concluyó el damnificado.

—La moraleja es que no hay que meterse en aquello para lo que no se ha nacido -le asestó Wenceslaus.

Muda, le amonesté. Abrió las manos en un gesto de "no es mi culpa si Damien es así".

Pasamos a las lecturas. Una biografía de Gershwin

que Damien había leído, una de Henry Miller que Wences abandonó, un libro sobre Mary Delaney, la artista inglesa del siglo 18, precursora del collage con sus cuadros de flores hechas de papel. Mis hermanos no la conocían; les conté que enviudó de un hombre al que no amaba y que enviudó una segunda vez de otro que sí amaba, que se escribía con Jonathan Swift, que el grueso de su producción lo hizo en las últimas dos décadas de vida, a partir de los setenta años, que la reina Charlotte la tenía en alta estima.

Confío en que haya sido la referencia al arte y no a la edad avanzada de la artista (yo estaba ponderando jubilarme y Wences lo sabía) la razón que impulsó al mayor a preguntar por rutina "¿Cómo anda esa pintura? ¿Alguna exhibición próxima?"

Respondí con formalidad oficinesca similar. Poco en vista, la muestra habitual de los estudios y una posibilidad de exhibir en Vancouver, aunque no había contestado a la galería interesada.

—Lo de mamá te absorbe -reconoció Damien. Fue inesperado, como si se abriese una ventana y entrara la frescura de la noche y de inmediato alguien en acelerada carrera la cerrase.

Wences controlaba la cuenta. ¿No tomaríamos café?, pregunté; ¿quería yo café?, preguntaron. No, en realidad no (en realidad sí, y de mi pintura contar las últimas obras y de mamá las conversaciones, si bien supe que la cena se acababa, que no había caso aunque quizás), y de la billetera marrón Wences sacaba la tarjeta para el pago.

—Te doy mi parte en efectivo -dijo Damien.

Propuse poner mi tarjeta y dividir el monto. Se negaron, yo era su invitada. (En verdad abrieron la puerta, se retiraba una pareja, una ráfaga alborotó las migas esparcidas sobre la mesa. Se hizo como un pequeño remolino y yo seguí el dibujo, delineé un laberinto)

—Una gentileza mínima en retribución por tanto -Wences no acabó la frase. Inadvertida y oportunamente el camarero se acercó en su auxilio, un muchacho mulato de ojos inmensos y varias trenzas serpientes atadas en la nuca.

Trajo un bolígrafo para la firma del recibo que era un *souvenir* de los Red Sox. ¿Qué edad tenía el camarero?, inquirió Wences. Diecinueve, le contestaron. ¿No era ya tiempo de que perteneciese a un equipo de béisbol con futuro y no a esos perdedores engrupidos?, chacoteó mi hermano.

La luna menguante se repantigaba en posición de descanso, el lomo apoyado en la falda de su mandala, los vértices dando al cielo del cielo. Damien y yo, los primeros en salir, la admiramos regocijados. Wences, en la retaguardia, le comentaba al camarero que había charlado con Mariano Rivera en "un restaurante como este, nada pretencioso".

—Qué hermosa y qué cansada -observó Damien. Me pasó el brazo por los hombros, un instante, estrechándome contra su flanco, una pinza afectuosa.

Pensé que quizás se refería a mí, que quizás me comparaba con la luna, a pesar de que ningún hermano jamás me llamó hermosa.

Massachusetts, la avenida, se hallaba poco iluminada. La calzada tenía algo de río oscuro y ancho; en la vereda de enfrente, enmarcados por la luz de una vidriera dos se convertían en una sola figura abrazándose como si no fueran a volver a verse. Una mujer pasó a nuestro lado en dirección opuesta al tráfico, buzo celeste, largo pelo cano, bruja en bicicleta. Le acompañaba un perro que jadeaba. Era un cuzco dorado, flaco, feo, simpático.

Cómo estaba Dionisio, pregunté entonces por el perro de Damien, un faldero de plumosa cola, dientes pésimos, le faltaban varios, raza ninguna o "desconocida" como apuntaba el dueño, obstinado en salvarle el prestigio.

Artrítico, le buscaba un acupunturista. Un lujo, sí, un tratamiento caro, pero le partía el corazón verlo con esos movimientos trabajosos, sufridos. Con intervalos, sus Dionisios se habían incorporado a la familia. Dos en la infancia y luego cuatro a cargo de Damien que no poseía talento para separase ni de los perros, a los que si no en la raza clonaba con el nombre, ni de sus ex mujeres, a las que mantenía y aconsejaba.

—Y de sacrificarlo ni hablar…

Dándome a entender chasqueó la lengua: por cierto, ni hablar.

Marcó un número en el móvil, yo me abstraje -*cómo pudo habérseme ocurrido, habérsenos ocurrido*- y no pregunté a quién llamaba. Repiqueteaba en mí la charla con mamá; durante la comida todavía había deseado que uno de los dos hermanos me socorriese, que si no era Wences -y de nuevo, yo no quería que fuese Wences- entonces quizás Damien, pero habíamos dicho de no comprometerle y ahora intuía que si no podía liberar al perro... *que si no podía liberar al perro...* Tal vez era una deducción exagerada, una extrapolación ridícula, sin embargo aprensiva opté por no arriesgar a mamá, no arriesgarle el auxilio que la piedad -la mía, entonces, oh, la mía- pudiera darle.

No le atendían. Chasqueó otra vez la lengua, esta vez por puro desencanto.

—La acupuntura le hará bien -sin dar cuenta del llamado, siguió con Dionisio.

Wences se nos unía y sacaba del bolsillo la billetera para confirmar que en el fragor de la charla con el camarero sobre béisbol y celebridades encontradas al paso no se había olvidado la tarjeta.

—¿Llamaste?

—No conseguí, estará ocupada.

—¿Le dijiste? -Wences se refería a mí.

—No.

Le tocó el turno a Wences de retomar lo antedicho.

—¿Qué decían de la acupuntura? ¿Le harán acupuntura? ¿Quién sugirió el tratamiento, qué doctor?

—Ragg.

—Es la primera vez que me lo nombran.

—¿Por qué tendría que nombrarte al veterinario? Hace tiempo que no hablamos de Dionisio.

—Perdón. Creí que la acupuntura era para mamá.

Damien cerró el teléfono con un tap de triunfo que

acompañó con un zapateo mínimo de triunfo, allí en la puerta del restaurante, *tap tap tap*, y brillo en la mirada acorde. Que estaba ya lista y que nos preparaba una sorpresa, le anunció Judi, destinataria de los llamados misteriosos.

—Gracias a las artes del *fratello*, arreglamos con la *innamorata* que después de la cena entraríamos de contrabando en la clínica. Judi tendrá lista a mamá para que estemos un rato con ella. Antes de irnos, Lucky amenazó con exigirnos un detalle del restaurante, decoración inclusive, y de lo que hemos comido y charlado. Con esto ha intentado asegurarse, supongo, que nuestro único tema no ha sido su salud.

El mayor palmeó el hombro del menor quien retomó brevemente el zapateo. La figura en la vereda opuesta se había escindido en dos, un hombre y una mujer que le aplaudieron. Que la invitara a salir, lo menos que se merecía la chica, le instó Wences, la mandíbula tensa, irguiéndose en toda su estatura para demostrar -oh, cómo si no conociese a Wences- que seguía siendo el más alto. Y a la vez, pese a la rivalidad permanente, latente o explícita, propia del género, los dos se habían sonreído compinches con esa camaradería también propia de hombres, curioso subproducto de la rivalidad, y yo reviví el pasado en el que fui parte y apartada. La esencia de nuestra fraternidad: sillas musicales, dos se sentaban y el tercero perdía y sufría su aislamiento. Al menos, la rotación era constante; el sufrimiento asignado, pasajero.

Presumo que cuando fui la excluida, yo les envidié el género. El pene, diría el viejo Freud.

Fuimos en mi auto. Damien dejó el suyo estacionado en la avenida. Wences quiso manejar. Atravesamos las calles en sombras, las que a medida que avanzábamos parecían tragarnos, calles solitarias. Primó el silencio en la travesía y de pronto, parloteamos sobre granjas orgánicas. De pronto también estuvimos perdidos, en realidad, desorientados. Esta vez cerca del *reservoir*. Esta vez fue una derecha en Park cuando correspondía una izquierda y Wences tomó la calle Lowell y *voilá le reservoir au clair de la lune*.

Quiso volver hacia atrás pero Damien dijo que estaba equivocado y le retó, debería haberme dejado manejar a mí. Yo también me perdía, aclaré. ¿Siempre adelante entonces? Wences clavó los frenos, puso la baliza; el único coche que andaba por la zona e iba detrás del nuestro, se indignó a bocinazos. Me tocó el turno de ser retada por ambos cuando descubrieron que no sabía dónde estaba el mapa -posiblemente se me había caído al bajar del auto el anochecer aquel en que lo necesité. Sin mapa ni GPS, perfecto, ironizó uno de ellos. Hubo que llamar a Judi, quien reivindicó a Wences. La primera dirección elegida por el Beau Brummel (así le apodaba elogiosa Lucky), volver atrás, Park para atrás, era acertado. Ja, nos sobró éste.

Conté mi experiencia reciente de extravío, mencioné el film de Chabrol. Damien recordaba a la actriz, en realidad su fama en una película risqué para la época. No recordaba que la protagonista estuviese muerta; el muro, sí, la imagen recurrente.

—Debería haber una señalización mejor, ninguna de las calles en los extremos tiene un cartel con el nombre -criticó Wences y agregó zumbón.

—Humm, interesante… Los tres sin saber cómo llegar. ¿Qué tan seguros estamos que queríamos ver a mamá?

Me ofuscó la malicia.

—En tu caso, sabías bien el camino y sobre la desorientación…

Me interrumpió y yo no insistí.

—¿Qué otras películas filmó Chabrol? Recuerdo que me gustaban pero no puedo ubicar ninguna.

—Una de las últimas tenía "chocolat" en el título-

—"Merci pour le chocolat"-dije.

A pedido de Judi, no entramos con el coche al predio de la clínica. Por alguna razón, la chica creía que tres extraños caminando por el parque a medianoche resultarían menos llamativos que un auto solitario en el estacionamiento a la intemperie. Imposible rebelarse, estamos en sus manos y hay romance en puerta -advirtió Wences mientras aguardábamos que Judi desde el edificio abriera el portón principal.

—Es agradable -Damien se refería al edificio- con algo de cárcel, una cárcel agradable.

Había refrescado. Wences era el único que previsoramente traía un suéter. Intentó prestármelo; no acepté, no era para tanto, dije. Me colgué del brazo de los dos y caminamos. La luna había abandonado la postura de intenso descanso, se empinaba ahora y nos vigilaba desde el techo de aquel caserón final donde ancianos a la deriva se evadían a la calle y cuando llegaba su hora, hacia la nada. El césped cortado prolijo lucía titilante, nevado por el resplandor de la espía, azul profundo en la tiniebla. Se aprestó en los pinares un principio de viento y como si con ese crujir se me alertara de la urgencia, deseé hablar de la demanda de mamá ("acortar, no prolongar"), de mi resolución, del pacto aquel. No lo hice, un poco por reservarme el privilegio de mantener un rato ese secreto que me daba un poder único -temporario- frente a mis hermanos; otro poco por no dañar el encanto excéntrico de nuestra reunión.

Entonces dije, alejándome del tema y no, que con mamá habíamos hablado de la reencarnación. Que yo quería volver como rockero célebre o, la alternativa, como bióloga especialista en chimpancés. No alcancé a contarles de mamá. Se reían. Qué tiene que ver una cosa con la otra, Emilia Rossi, nada. Cometí el error de agregar que esperaba seguir pintando en la próxima vuelta. Peor que peor. Wences dijo: qué tal las tres cosas a la vez en una sola vida: rockero famoso, experto en chimpancés y pintor. Damien objetó que rockero y pintor eran expresiones artísticas, que sería preferible reencarnarse en identidades bien dispares. Confeccionaron una lista.

—Acróbata y escribano.
—Croupier y predicador.
—Acupunturista y pizzero.

—Cirujano plástico y anacoreta -abrochó Wences.

—Mi profesión principal será croupier; la de predicador, relleno -aclaró Damien y levantó ambos brazos para saludar a su enfermera

Judi se arrebujaba en el saquito azul que llevaba encima del uniforme. Daba la impresión de que la luz lunar no le sentaba, tampoco la iluminación artificial, ambas conspiraban para ajarla, la piel menos fresca que en la mañana. Había llevado a mamá a la galería al costado de la casa. La instaló en uno de los sillones de mimbre, desteñido el tapizado, confortables, los mismos en donde nos hacíamos confidencias bebiendo té o limonada en el atardecer. Esa era la sorpresa, mamá aguardándonos. Fuera de su cuarto de enferma, fuera del edificio, de "la prisión agradable", de su condena.

Nos saludó sin emitir un hola, los ojos entornados, en ellos el desafío más que en la sonrisa, el orgullo recuperado después de nuestro desplante. Estaba todavía apoyada contra el respaldo del asiento, semirrecostada, las piernas sobre un banquito tapadas con una manta naranja. Bajo el resplandor austero del farol, el entusiasmo le sonrosaba, le alisaba las mejillas -efecto paradójico, efecto opuesto al ejercido en Judi.

Aplaudimos, pero qué bien, qué bien, la besamos.

Judi expresó su inquietud por el frío en aumento, nos instó a abreviar la reunión. Shivali, otra enfermera, se encargaría de acostar a la señora Lucky, las enfermeras nocturnas estaban al tanto.

—¿Entonces por qué tanto sigilo? -se sorprendió Wenceslaus.

Los hoyuelos ponderados por Damien, fueron arrugas en la penumbra.

—Oh, más bien una formalidad - se excusó ella, los hoyuelos-arrugas cavados con saña por la sonrisa, otra formalidad.

—Váyase, Judi, si no mis hijos embelesados con usted, no se ocuparán de mí.

Cuando Lucky se impacientaba, bromeaba primero y

luego si el mensaje no se comprendía, decía algo mordaz. No tuvo necesidad de lo segundo, Judi se marchó sin que le insistiera. Antes comentó que esos turnos tan largos, doce horas, los hacía cada tanto, como excepción. Esta vez para tomarse el viernes libre e ir a Vermont con el novio, les gustaba pescar. Aaaaah... se deleitó el mayor, satisfecho al ver al menor confirmadamente desplazado. Damien, el candidato que no fue, hundió la cabeza en los hombros en resignación exagerada que entendimos nosotros, Judi no.

Y sí, Lucky demandó detalles de la comida de la que fue arteramente soslayada. Artero figuraba entre las palabras a las que acudía primero cuando descubría mentiras u omisiones. Tal vez por eso, como posada en el hombro de Damien la culpa aleteó inesperada al describir el exceso de pimienta en su plato como "una presencia artera en el risotto". Se interrumpió confundido (jugada artera de la memoria el adjetivo materno), salió del paso con "fíjense en el estilo, ahora uso palabras de crítico de restaurantes".

Lucky se incorporó, bajó las piernas, conversó perfectamente erguida. En el jardín de noche nos deslizamos a un jardín paralelo, como si Alicia -¿se llamaba Judi?- nos hubiese abierto la puerta a una realidad alterada, un espejo distorsionado y compasivo con otro cielo y el mismo, otro césped escarchado de luna y el mismo, otras luciérnagas relumbronas y esas mismas, y en este impasse vimos a mamá de regreso, volviendo a ser quien ya no era. Maliciosa, un tris déspota, reina segura de su poder, segura de sus fieles cortesanos, nosotros, como antaño. Lucrezia Rossi de vuelta sana, de vuelta -o casi- joven, regañaba, acicateaba, se burlaba, a cada uno nos ponía sin mayor miramiento en su lugar.

¿Cuántas estrellas le dábamos al restaurante, lo recomendaríamos? Tres, a coro coincidimos. Censuró mi gusto por la tilapia y en particular, por la leche de coco. Textura rasposa, definió y amplió su disgusto: odio el coco, declaró.

Señaló que los platos pedidos reflejaban nuestra personalidad. Intercambiamos miradas defensivas, condescendientes. Que pretendiera saber más de nosotros que nosotros mismos, era un asalto; la condescendencia, nuestra trinchera.

Me quejé.

—Entonces soy la del mal gusto.

—¿No es maravilloso como Emilia convierte cada instancia insustancial en una autorreferencia? -dijo uno de mis hermanos.

—Oh, por favor, cada uno de ustedes se comporta como si fuese el centro de la galaxia- apaciguó mamá en su estilo democrático y descalificante. Pensé que si yo hubiese planeado una réplica, no me habría salido mejor.

Los libros fueron naves que nos navegaron lejos del conflicto. Sí, Henry Miller. Lucky dijo que todavía recordaba un artículo en el Globe, una frase que le pareció magnífica: "todos bebíamos de la copa de la sospecha". ¿Acerca de...?, preguntamos. De esa obra que era una alegoría del macartismo, la de las brujas de Salem.

—¡Arthur! Ese es Arthur Miller. La biografía es sobre el otro Miller. Henry Miller, el autor de Trópico de Capricornio -aclaró Damien.

—Ah, ese era un lascivo -con la mano activa mamá dio una palmada de menosprecio al aire.

¿Seguía Wences jugando al póker? ¡Siempre! ¡Con Cordelia y amigos, una vez por mes por lo menos! Ella extrañaba la canasta, pero ahora pensaba volver al ajedrez. Es un poco aburrido, pensar tanto ¡uf!, pero me resulta fácil mover las piezas. Damien tenía tres juegos que "nadie usa, te traigo uno".

El acceso de tos más un pañuelo que sacó del bolsillo, la prueba material de que no estábamos en otro jardín mágico y alternativo, nos devolvieron a la galería donde mamá tenía ochenta y siete años y se encontraba baldada aunque no quisiésemos, no nos conformásemos. El carraspeo clausuró aquel jugar a la felicidad o peor aún, a la *normalidad*, esa ilusión denodada, tan patética.

El frío subió la apuesta. Wences le sugirió a mamá que acomodase de nuevo las piernas en el banquito, estiró la manta naranja, la arropó hasta el cuello. Me pareció que los ojos de Wences brillaban demasiado.

Shivali hizo su aparición, blanco uniforme y perlas, discretos pendientes enmarcando su cara color madera clara. En los serenos cincuenta cobijada, no despertó ímpetus donjuanescos en mi familia.

—Es hora de dormir y para ustedes, de irse -dijo la voz del deber, del superego con acento indio.

Damien (tanta mundanidad, Wences, para que tu hermanito te derrotara con su encanto de muchacho de pueblo) solicitó unos minutos de gracia que fueron concedidos.

—A las menos cinco partimos con la dama a su habitación. A medianoche, la carroza se nos convierte en calabaza.

Hablamos atropelladamente. Una cacofonía deshilvanada de disimulos, la tristeza oculta en los pliegues de la mundanidad.

Las perlas de Shivali, ¿así de bellas o era una triquiñuela de la luz?, dije; el nieto Phil vendría con la novia a verla la semana próxima, anunció Damien; ¿había manera de enviarle un correo electrónico?, quería que Lucky viese las fotos de la casa que Cordelia y él estaban construyendo en Sausalito, dijo Wences. Que se las enviase a Phil por computadora, propuso Damien, y el nieto las traería cuando la visitase.

—Me ocuparé de que lo haga -prometió Damien- padece de distracciones, mamá, que a tu edad tú no tienes. Es desmesuradamente despistado.

—Es muy joven, pensará en la novia. Le das un beso; que me llame, me gusta cuando llama. ¿Por qué he tenido un solo nieto? -pensó en voz alta.

La india reapareció antes de lo pactado, inquieta por la anciana, la familia necia, los caprichos de todos. A distancia, imitó el movimiento de empujar una silla de ruedas. ¿La traía?, interrogó muda.

Mamá se negó, cabezazos rotundos, boca contraída. Sabíamos bien que de-tes-ta-ba el dramatismo de la silla, la percepción de invalidez definitiva que imponía.

¡No! -se obstinó, y el primer empuje que le dio al andador resonó con estruendo tal que temí que quebrara las baldosas. Yiiiiiiaayiii, nos insultaron las lajas.

Retomó el hilo del nieto. Cordelia podía perfectamente

tener hijos, dijo.

Wences no se resistió. Puedo ser un padre-abuelo, coincidió y reconoció: hubo escasez de nietos, pero no de nueras. Temporarias las mías y las de Damien bastante permanentes.

Damien se fastidió recordando que seguía alimentando a las ex nueras y yo, para no ser relegada al rubro de célibe perpetua, para no ser menos, murmuré algo sobre otras historias mías (irrelevantes), además de la de Yves (relevante).

—La vida secreta de las abejas. Pienso en ti y en el título de ese libro. Estoy seguro de que mi hermanita abeja ha vivido historias que ella sola se sabe.

Lo tomé como un halago. Ignoro si Wences de verdad se creía esa suposición. Le sonreí agradecida, desarmada.

—Todos tenemos vidas secretas -opinó mamá.

Damien se alarmó. ¡Revelaciones no, por favor!

En Wenceslaus la curiosidad se impuso; la alarma, si existió, fue sofocada.

—¡Somos grandes! Si hubo algún amor, algún amante… -pronunció bajo amante, sinuosa la palabra en el susurro.

—Admiradores, sólo admiradores -concluyente ella siguió avanzando, no habría confidencias. En Florida, las amigas le hacían bromas acerca de un Miguel. Lucky se sonreía sin aclarar, sin comentarme nada. Lo vi un día, hablándole en el estacionamiento del edificio, un señor bajo con pantalones escoceses que la miraba temeroso, perrunamente. Nada que informar en realidad, deduje, mucha tela escocesa para el gusto de mamá.

—Más nietos y amantes -murmuró, pareció anotarse como instrucción.

El viento silbaba, se colaba en las ranuras de las ventanas y disimulaba los grititos de ratón del andador, el abrir y cerrar de las puertas y los pasos. Nos callamos por miedo a despertar ancianos insomnes. Viento, silencio y las sombras, cuatro, tres longilíneas y una colapsada que podía ser la de una roca o la de una persona derrumbada, esos extremos.

Un paciente soñó a viva voz y otro se unió al quiebre de la paz reclamando agua.

—¿Todavía aquí? -musitó antipática una enfermera gorda y desconocida, sigilosa pese a su opulencia, los pies pequeños acarreándola con levedad, tal vez en pos del agua.

Ya en la habitación, Lucky nos preguntó si sentíamos olor a caldo de pollo. No, olía a algo agradable, opinamos. ¿Pino, lavanda?, adivinó Damien.

—Olor a cítricos. No identificado. Limón, pomelos, mandarinas -señaló un desodorante, de los que se instalan en los enchufes y tiran olores respetables. En este caso, ella había sacrificado el de la televisión en aras del perfume espanta pollos.

Alcé el andador y lo coloqué en el lugar que me indicó cuando llegó a la clínica. Entre la puerta y la cómoda, no debajo de la ventana como sugerían las enfermeras. Lucky dijo que al despertarse deseaba ver árboles y cielos y lluvia y sol, en vez del recordatorio de su invalidez.

Los varones observaron tenazmente el suelo (mamá se refugiaba seguido en el cielo raso, ellos descubrían el parquet); por hacer algo, yo extendí la frazada escocesa que estaba a los pies de la cama. Comprendí que no hacía frío y la doblé de nuevo con torpe resultado, los bordes desprolijos, mal alineados. Wences propuso una partida en tandas, ellos me esperarían en el auto, yo ultimaría los detalles del descanso de mamá. Esto es muy chico, dijo él, los ojos desasosegados, recorriendo las paredes pintadas rosa viejo.

Damien estaba todavía a un paso de mamá que continuaba parada, ayudada por el menor, quien la sostenía del brazo que no sentía. Se inclinó a besarla, se interrumpió a medio camino con una súbita idea.

—¿Me concede este baile, signora Rossi?

Tarareó un vals, la hizo girar sin dificultad. Me di cuenta que la había levantado en el aire. A ella le encantó, pidió una repetición. El jardín de Juvencia había quedado atrás. Era la viejita a quien yo le sacaba la dentadura. Una vieja que irradiaba felicidad en ese momento. Olvido y felicidad.

—La marearás -advirtió el mayor. Los bailarines le ignoraron.

Damien y mamá. Para ella, el hijo fácil, comprendido y comprensivo, nacido con *sagesse du coeur*, ninguno de los dos exigía al otro. Damien el que se arregla solo, con quien uno cuenta, a quien se da por descontado, a quien se descuida, de quien poco se espera, a quien se deja librado a sus artes y medios. Damien, el bondadoso, su imprescindibilidad inofensiva. La desatención maternal (dije que la familia lo da por descontado), le causó algún complejo. En definitiva, le hizo libre.

—¿Estoy anotado en su carnet, signora? -Wences celoso, solicitó su turno en las volteretas.

El segundo giro con el mayor se interrumpió con un atisbo de mareo y un pequeño eructo de la danzante que nos hizo temer un revoltijo de estómago. Wences la ubicó en tierra firme con delicadeza, apoyó su frente en la de ella. El mismo perfil, madre e hijo, la frente alta, la nariz fina, perfecta. Wenceslaus, el primogénito y el encargado de cumplir sueños muertos. Mamá quería para él la carrera diplomática o la medicina o algún premio notable. Wences fue hábil, guardó su independencia, aunque sus propios anhelos (¿ser pintor?, ¿artista?, ¿gran ensayista?, ¿gran crítico?, ¿gran empresario?) se deshicieron en el empeño corto, la ambición renunciada a mitad de camino. De tanta hipérbole, una sola más o menos válida: su hijo Wences, mi hermano Wences, gran holgazán, no cabía duda.

Vi a mamá valsear con ellos, la vi mirarlos, un poco como novia, un poco como madre, con ternura, orgullo olvidadizo. Strauss borraba las recriminaciones, lo que los hijos hubiesen podido ser ya no importaba. Una tarde en la galería, yo le había dicho a Lucky que la culpa era de papá y de ella por educarnos libres. A ese incumplimiento con sus designios sospechados o explícitos, llamamos libertad.

—Y ahora nos vamos.

—Sí, nos vamos.

Nuevos besos, nuevas promesas. Wences volvería el mes próximo. Con Cordelia, ya lo hablamos. Damien trataría de venir en la semana; si no podía, la siguiente. Igual nos estamos llamando ¿eh, signora?

—Prepárale a Damien los horarios de las enfermeras monas. Con copia para mí, por si no vengo con Cordelia -con liviandad inspirada Wences cortó la atmósfera de adioses.

Nos quedamos solas, abrí la ventana y me cercioré de que la persiana de red no permitiese la entrada de ningún insecto. Le ayudé a sacarse la bata y convenimos que necesitaba una de verano. Que le buscase una color verde agua, si no había en las tiendas, tal vez en internet, pidió. Le alcancé el pote de su fiel crema Pond's y usando un pañuelo de papel, el pote apoyado en el pecho, con la mano activa se limpió el rubor y el rouge. Iba a arrojarlo al piso, en el estilo de la personalidad desprolija que se había apoderado de ella aquel período, pero al hallarme a su lado, me entregó el pañuelito con manchones siena y trazos rojos, delgados, que no formaban una boca.

Apagué la luz de neón del cielorraso y nos envolvió la intimidad ambarina del velador. Llené con agua el vaso para los dientes, lo deposité en el lugar cotidiano, la mesa de noche. Una presión aquí, otra allá, la dentadura afuera. Me limpié los dedos húmedos de saliva en la misma agua del vaso. Ella cerró los ojos después de aquel ritual, ablandadas las facciones, a punto de dormir, pareció, pero no.

—¿No es esta tu hora favorita? -inquirió. La voz irradiaba contento, una pulsante satisfacción.

—No sé, a ver… creo que no. Me gustan el atardecer con la luz única para retratar y el alba, esa luz primera del comienzo del mundo.

—El comienzo del mundo -repitió enronquecida, luego explicó- Mi hora favorita es esta. Yo iba de cuarto en cuarto apagando las luces en casa, cerrando la jornada, sintiéndome en paz. Todo tranquilo, todo cumplido. Siempre pensé que esta hora es de las mujeres.

—Llevar a puerto el día y sus afanes, atracar el barco. Puede ser… aunque no se tenga una familia para amarrar al varadero.

Lucky se apenó (por cierto, no fue mi intención entristecerla con un pensamiento que personalmente no me entristecía). La mano útil caminó la colcha, un animalito arrugado, solidaria se apoderó de la mía.

—Está todo bien, mamá -le aseguré.

—Sí -vaciló resignada a la imperfección de nuestras vidas- Esos dos están bien -se refería a los varones; entrelazó las arrugas del ceño en meditación juiciosa- están bien -reiteró, concluyó- no tan bien como tú.

—Acompañados -señalé, lamentando retornar al punto que la afligía.

El animalito me abandonó por un instante y cacheteó el aire como sabía.

—Menos íntegros.

—Es una opinión -dudé.

—Mis muchachos son buena gente -reconoció- Dos, vamos de a dos, cambiando la pareja de baile. Y a veces hay dos que son como las caras de una moneda, las caras de la luna, indivisibles. Tú y yo en este caso.

Asentí con un gesto, puse su mano y el brazo bajo la cobija, apoyé la mejilla en la suya, la besé en la frente.

—Hasta mañana, siamesa -me despedí.

Crucé el parque tiritando. Pompones pálidos punteaban el cielo como si alguien se hubiese deleitado rompiendo las nubes en pedacitos, los árboles aquietados tenían ahora cierta prestancia de colinas oscuras. El césped húmedo, las suelas de los zapatos húmedas, los pies húmedos, avizoré un resfrío en los días por venir. Inesperadamente cantó un gallo. En el suburbio de Boston, un asombro.

Golpeé la ventanilla para despertar a los bellos durmientes. Wences, la cara tapada con el Wall Street Journal para evitar la luz del farol, reaccionó en seguida. A Damien no le molestamos, dormía con ronquidos suaves que eran gorgoritos.

(...)

Mamá murió veintitrés días después. No la ayudé en su retirada. Ni siquiera la vi morir. Me ahorró el agobio. Eran las dos y cuarenta cuando llamaron a la Fundación. Estaba descompuesta, dijeron, que fuera inmediatamente. Llegué siete minutos tarde, los que me tomaron estacionar el auto, correr por la galería soleada, subir los dos escalones de la entrada, tropezarme, no caerme, atravesar el hall, encontrar a Ramona y a Judi en el corredor, ser interceptada por la hispana que lagrimeaba. Quiso tomarme del brazo y yo me solté. Entré en la habitación y antes que la cara indiferente de mamá, vi sus pies, uno desnudo y el otro con la chinela de toalla rosa. Nunca supe por qué la segunda chinela estaba sobre la mesa rodante, la suela hacia arriba, polvorienta, junto al saco rosa que mamá se ponía cuando sentía demasiado frío. Artículos inservibles, era evidente, prendas sin dueño pronto descartables. La clínica no las salvaría, yo tampoco.

Lamenté luego el gesto exasperado hacia Ramona -yo lo recordaba, ella por suerte, no- sobre todo la réplica a su consuelo: mamá existía en algún espacio, en alguna forma, declamó piadosa.

—No me importa su alma -la interrumpí y dije que quería a mamá allí conmigo, eructando y constipada, con el cuerpo arrugado, su media ceguera. Allí, de nuevo.

Todavía pienso en esas frases. No con remordimiento sino con duda. Vuelvo a dudar de mí misma, de mi clemencia en el caso hipotético, en el caso en el que ya no habré de ser probada. Mamá demostró tino al partir sola.

A Ramona le pedí perdón. Es una buena mujer, una mujer de veras buena.

* Según la adaptación de Terence Davies para una emisión radial de "The Waves" en la BBC (British Broadcasting Corporation), septiembre 2012.